歩山録

Buzanroku

上出遼平

講談社

歩《ぶ》山《ざん》録《ろく》

装画　SHIKA
装幀　川名潤

入社六年目の山田は極端に大きな登山用バックパックを背負い、夜が明け切る前の新宿を歩いていた。六月の半ば。土曜日。一週間かけて撒き散らされたガソリンの残り香を追い出すように、生温かい光が朝の街を満たそうとしている。汗が滲む。バックパックには最低限の衣類とテントに寝袋、調理器具と一週間分の食糧が詰め込まれている。新宿駅から電車に乗ってまずは奥多摩駅へ。そこから山に入り、東京、山梨、埼玉、長野の県境を歩いて山梨県北杜市を目指す。

必ずしも北杜市が目的地である必要はなかった。登山地図を見て、東京からちょうど一週間で歩き切れる場所にそれがあったというだけだ。同僚や先輩社員から白い目で見られない、夏休みの最大値が一週間だった。

若い男女が知恵の輪のようにもつれて路上に倒れ込み、見るからに酒臭い息を吐いている。そこからわずか五メートルほど空けて、ワイシャツの男が植え込みに尻を突っ込んで彫像のように硬直している。山田は視界の端でそれらを認め、心の中で「恥ずかしい」と呟く。恥も外聞もなく、欲望に駆動された裸の人間。交番の前では万物に興味を失ったような表情で警察官が仁王立ちしている。そんな警察官でさえ微かに視線を奪われるほどに、大きなバックパックを背負った男の姿はこの場に不釣り合いだった。

　駅のホームで列車を待つ間、コンビニで買ったミックスサンドに手を付ける。レタス、卵、ポテトサラダ。三種の薄いサンドイッチがビニールにぴったり詰め込まれ、そのうち一つを取り出すのが難しい。どうせどれを食べても同じような味だ。山田は自分が真にグルメな人間だと認めていた。評価サイトの星の数など信用しなかった。忙しく働く舌の肥えた成功者は、食事のたびにいちいち星などつけるはずもないからだ。少し考えればわかることである。山田は信用できる食通からの情報だけを信じ、年に数回は給金をそれに費やしていた。コンビニ飯の真価を認めないつもりはないが、サンドイッチはまだまだ味わうに値しない。

　まとめて頬張ってしまおうかとも思ったが、こちらを訝しそうに見る女の視線を感じて手を止めた。どうやら立って物を食べようとしているのを咎めているようだ。これだから生きづらいんだ東京は、と山田は思った。ルールばかりが増えて、他人を許せない人ばかりが増えて、自分で自分の首を絞めている。物事を考える時間の幅が狭いのだ。第一、どのベンチも酔い潰れた人間たちに占有されている。そのことをこそ責めるべきである。見たまえこの酒にしか逃げ場を見出せなかった哀れな老若男女を——と思ったところで山田ははたと気がついた。若い男女も老いた男もいるが、年のいった女はいない。なるほど、ジェンダーバランスの乱れ、ここに極まれり。万事忘れて夜通し酒を食らう権利は限られた者にしか与えられていない。こと、家庭に入った女性はこうもいかないし、家庭に入るという表現の主体がほとんど女性に限定されていることから疑ってかからなければならないのだ。いやしかし、プロポーズというのはどうして男性ばかりがしなければならないのだろう。拒絶されて傷を負うリスクを男だけが負っている。ジェンダーバランスの乱れ、ここにまで至れり——。山田は論理的な思考が、それも社会正義の実現にいかにも貢献できそうな正しい発想が連なっていく自らの聡明さに惚れ惚れとした。

　このときにはもう、依然としてこちらに投げかけられる女の睨《ね》めるような視線のことなど気にもならない。「馬鹿野郎この野郎！」とどこかから唐突に怒声が響く。ホームの人間たちは一瞬顔を上げ周りを見渡すが、自分に関係がないと見てとるや手元の携帯電話に視線を戻した。赤い鞄を背負った女が向かいのホームを足速に歩いている。視界の右から音もなく滑り込んできた列車が、その姿を拐《さら》うように消し去った。

中央線快速高尾行きに乗り込む。窓の向こうにベテラン俳優の顔が大きく印刷された住宅メーカーの看板が見えた。軽薄な笑顔を浮かべた役者の横に、黒ぐろした明朝体でこう書いてある。

「人生一〇〇年時代到来。長く続く安心を。だからこそ高品質住宅」

安いペテンだ、と山田は思う。家の品質はいつだって大切だし、仮に平均寿命が四〇歳にでもなれば「人生四〇年時代到来。世代を越えて継げる幸せ。だからこそ高品質住宅」などと謳うに違いない。物は言い様。この世界は雑な発信者とそれを受け入れる愚鈍な受信者で溢れている。

山田は理屈を信じていた。正しい理屈こそが世界をより良くすると信じて疑わなかった。より善く生きるには正しい理屈が必要だと思っていた。なにせそれは正しいのだから。

山田の人生は一般的に言って順風満帆だった。不自由を感じる機会のない中流家庭に生まれ、適切なタイミングで勉学に励み、私立大学の法学部に進学した。山田と法律は相性が良かった。現実世界で引き起こされる事象を論理的に解体し、言語化し、理路を整え、条文と照らし合わせて通説や判例を参照し、社会の円滑な営みに資する判断を導き出す。山田はこの作業が得意だったし、「正しい結論」を導き出せることに満足感を覚えることができた。

　山田は理屈に愛されていた。「理屈っぽいね」と言われるたびに、理屈を愛せないその発言者を知性的でない人間だと心の中で見下した。陰謀論も、スピリチュアルと言われる諸々も、オカルトもあらゆる宗教も、山田にとっては知性の足りない人間が囚われるまやかしにすぎなかった。いわば山田は理屈の敬虔なる信者であり、奴隷であった。

　中央線は西へと進んでいく。目の前の席でサラリーマンがグーグーといびきをかいて眠っている。列車が速度を落とす度、手すりにゴンゴンと頭を打ちつける。ガタンゴトンと揺れるのに応じて、ボタンのはじけそうなワイシャツに包まれた腹がブルンブルンと揺れている。脂っぽい頭髪の下で時折息苦しそうに表情が歪む。脱力した手元から使い古されたナイロンのブリーフケースが床に落ちた。ゴッという嫌な音がする。きっとノートパソコンが剝き出しで入っているのだろう。男はゆっくりと目を覚まし、鞄を持ち上げようとするも、間も無くその重さに諦めて、持ち手を離し床に倒したまま、仰反《のけぞ》るようにして再び目を閉じる。山田は床に落ちていたプラスチック製の眼鏡を男の隣席に供えるように置いて、立川駅で列車を乗り換えた。指先に付いた眼鏡の（つまり男の）脂をこそげ落とすように、山田はズボンにごしごしと手を擦りつけた。

✡

奥多摩駅の上空には低く重い雲が垂れ込めていた。ちょうど梅雨の只中。雨降る中を歩くのは概ね不快だ。それにもかかわらず、大勢の中年男性がぞろぞろと我がちに改札を潜り、向かいのバス停へ駆けて行く。一様の登山服に身を包み、同じ店で揃って購入したかのような風情の、使いもしないポケットがたくさんついたバックパックを背負っている。貴重な週末を是が非でも有意義に過ごそうという気迫が表情に迸る。しかしその様は、軍服を着て足並み揃え行軍する歩兵たちと相違ない。彼らはここからバスでさらに西へと向かい、雲取山《くもとりやま》山頂に最も近い鴨沢登山口からとりつくのだろう。

　山田が駅前のベンチで靴紐を締め直し、トレッキングポールを伸ばして歩き始めると、苦悶の表情を浮かべた中年男性の群れを鮨詰めにしたバスがちょうど横を通って行った。山は大きい。山田が目指す駅至近の登山口をはじめ、登り始めるポイントはたくさんある。しかしどのガイドブックを開いても一つ目に載っているのはそのバスが向かう鴨沢登山口なのだ。服装にしても、素材を致命的に選び損ねさえしなければあとはそれぞれの好みで構わない。けれどおじさんたちの誰も彼もが顰《ひそ》みに倣ってぴっちりとした化学繊維の長袖Tシャツの上に半袖Tシャツを重ねるレイヤードスタイルを纏《まと》っているのは、登山用品店の勧めや山岳雑誌で取り上げられる流行の所為だろう。せっかくの週末にもかかわらず朝から揃いの服を着せられ、立錐《りっすい》の余地もない車両で運ばれる様を見るにつけ、山田は与えられた安心と思考停止の代償を思わずにはいられない。軍隊どころか家畜の群れか。

ドナドナを見送って、山田は見渡す限り人影のない青梅街道を歩き始める。商店のシャッターはまだ上げられていない。橋の下を覗き込むと、木々に覆われた日原川《にっぱらがわ》の流れが見えた。流れの先に目を向ければまもなく多摩川に合流するはずだったけれど、緑深い木々に遮られて見ることができない。明日には日原川の源流域である雲取山へ、そして数日後には多摩川の源頭である笠取山《かさとりやま》山頂を踏むことになるだろう。

かくいう山田も登山の初心者だった。幼い頃、両親とこの辺りの山を歩く程度のことはあった。しかし、今回のようにテントや食糧を背負って山を歩き続けるというのは話が別だ。

奥多摩駅から歩き始めて、東京都最高峰の雲取山（標高二〇一七メートル）を越え、埼玉県と山梨県の県境を成す稜線を歩いて甲武信《こぶし》ヶ岳（標高二四七五メートル）へ。埼玉県はそこで終わり、今度は山梨県と長野県の県境に沿って金峰山（標高二五九九メートル）を踏み、山梨県北杜市で下山する。計画通りにいけば歩き切るのに一週間。衣食住を隙間なく詰め込んだ七〇リットルのバックパックは優に一五キログラムを超えている。

一般的にレクリエーションとして行われる週末登山とは明らかに物が違う。しかし山田はそれが可能だと考えた。体力の増強に励んだわけでも、山岳の訓練を積んだわけでもない。蓄えたのは知識だ。読図やルートファインディング、天候予測の方法に緊急時の対応法はamazonで購入した数冊の本から得ることができた。YouTubeを見れば、どんな体格の人間がどれほどの荷を背負い、どれだけの距離を歩けるのかを知ることができた。ブログに書かれた登山の失敗談を読むたび、その滑稽さに失笑した。道具を揃えに登山用品店を訪れたときには、一流の冒険家のように振る舞うことができた。接客にあたった店員も、山田の知識量が自分に引けを取らないと察するとすぐに他の無知な客を探しにいった。踏破できない理由を見つける方が難しかった。

一〇分ほど歩くと青梅街道から山側へ逸れる脇道が現れた。まだかろうじてアスファルトに覆われた坂道を登る。一分も歩けば息が上がり、体内のあちこちに熱の塊が生じる感覚がある。胸も背も腋の下も汗に濡れ始めている。この数年で目に見えて腹の周りに肉がついた。体が重い。山道具は軽ければ軽いほど高価になる。木綿よりナイロンよりダイニーマ。ステンレスよりチタン。アルミよりカーボン――大枚叩いてグラム単位で荷を削っているのに、腹に何キロも重りをぶら下げているのだからばかばかしい。しかしながら、一般企業に勤める若手社員が健康増進に時間を割くのは容易でない。不可避な酒宴では飲んで食うし、休暇には体を動かせるほどのエネルギーが残っていない。

　山の手から白いハイエースが一台下ってくる。すれ違いざまの横腹に「巨木のセラピー」といかにも優しげな丸みを帯びた書体で書かれている。身も心も削られペラペラになった企業戦士たちを都心から連れてきて、木々に癒させる算段だろうか。果たして木々が人間を癒すということが本当にあるのだろうか。人知の及ばぬ存在を利用した悪徳商売と言えるかもしれないし、プラシーボをもたらすのであれば十分に有用とも言える云々——歩いていると、山田は普段より余計に思考した。歴々の先覚者たちもよく歩いたと伝え聞く。反復運動が意識の軛《くびき》から思考を解いて浮遊させる。自由に飛び回り、離合集散を繰り返した思考を後で回収することであらたな着想を手に入れる——というこれもまた山田の思考に含まれている。

　アスファルトの舗装路はだんだんと細くなり、やがて人ひとり通れる幅の荒れた小道になった。拳大の石がごろつき油断すると足首をやってしまう。目を皿にして足下を睨みつけながら歩いていると、唐突に未舗装路が終わり車道に出た。おかしいなと思って地図を見ると、途中で曲がるべきところを見落としていたようだった。急いで来た道を引き返す。五分も歩くと、左手に古びて半ば土に埋もれた石の階段があった。来る時は全然気がつかなかった。階段を上がると小さな木製の鳥居と、その先にこぢんまりとした拝殿が見える。くすんだ朱色の屋根には枯れた松の葉がしっとりと積もり、その下には控えめに鈴と緒が垂れている。山田は川魚が心地好さそうな岩陰を見つけたときのように、その名も知れぬ神社に吸い込まれる。鳥居を潜ると肌がひんやりと冷気を感じる。ここには一日中陽が届かないのかもしれない。参拝を済ませ、改めて辺りを探ると、拝殿の裏手の急坂に登山道が続いていた。ここから本格的な登山が始まるようだ。

✡

急な坂が始まる手前の切り株に腰掛け、コンビニのカレーパンを食べることにした。袋を開けると、杉林の中では場違いな、コッテリとした油の匂いが胃袋を刺激して、自分が空腹だったことに気づかされた。サンドイッチを食べてからもう四時間近くが経っていたから無理はない。勢いよく食む。クリスピーな表面をざくりと歯が砕くと、炒めた玉ねぎとスパイスの芳香が鼻に抜ける。こりゃあ美味い。サンドイッチに比べ、惣菜パンは進化のスピードが速いらしい。

現在地の標高は四八〇メートル。今日は山塊の南側を登り切り、西へ雲取山まで繋がる尾根を途中まで歩く。標高一七三七メートルの鷹ノ巣山を越えた先にある避難小屋の周辺で野営をする予定だ。

山田は目の前に迫り上がる坂道を見上げ、長さを調節できるトレッキングポールをひねって一〇センチメートルほど短く固定した。上り坂では短く、下り坂では長くとは、登山のハウトゥー本に漏れなく記載されている鉄則だ。

黙々と歩く。二本のトレッキングポールは腕を延長して、前足としてしっかりと地面をとらえて体重を支える。ポールが地面を穿つドッという音。足が枯れ葉を踏むザッという音。

ドッザッドッザ。ドッザッドッザ。

たった四歩進んだだけで、心臓がグッと回転数を上げるのがわかる。

ドッザッドッザ。ドッザッドッザ。

段々と歩きに一定のリズムが生まれ、体が歩行に馴染んでくる。時折顔を上げて道の確認をする以外、視線は足元の二メートル程先に固定されている。やはりいけるな、と山田は思った。自分のペースさえ摑んでしまえばどこまでもいける。鼻が爽やかな杉の香りを嗅ぎ分けた。一歩進むごとに景色も匂いも変化するようだ。植生や土の構成物、湿度の移ろいや周辺を徘徊する動物たち。その匂い。山田はポーチからメモ帳を取り出し、のちの執筆のための言葉を書きつける。

都市で塞がっていた五感の蓋が少しずつ開かれていく――


山田はこの山行の記録を紀行文に起こし、どこかの媒体へ持ち込もうと考えていた。「意味」で雁字搦《がんじがら》めの都市から逃亡し、「無意味」の荒野を歩いて「実存的幸福」を探すのだ。この着想は、半年程前に見たYouTubeから得たものだった。その映像の中で、医師でもあるベストセラー作家が言っていた。

「一挙手一投足に意味が求められ、意味を説明できないものは無価値だと即断される世界で、人間が本来の幸せを手にすることは不可能である」

だから山田は無意味な山歩きを計画した。ここでの発見を記した作品が出版社の目に留まり、本になることを夢想した。そしてあわよくば、凡庸なるサラリーマンである現状から脱する足がかりを得ようと目論んでいた。

険阻な坂を登り切る途中で唐突に植生が変わった。ブナの原生林だ。それまでは真っ直ぐな建材を隙間なく地表に突き刺したような針葉樹に囲まれていたが、今ではうねうねと禍々しく、自由に曲がりくねった広葉樹が各々大きなスペースをとって茂っている。平衡感覚が不確かになる。地面は傾いていて、木々は曲がっている。見渡す限り水平を示すものがない。眩暈に似た感覚。山田の周りを白色の小さな蝶がヒラヒラと舞っている。蝶には水平がわかるのだろうか。それとも水平という概念を持ち合わせないのだろうか。木々の間を右へ左へ、自分の世界を楽しげに飛んで消えていった。ブナの巨木に華奢なカエデが寄り添っている横で、はるか昔に倒れた太い枯れ木が苔むし、その緑のふっくらとした絨毯から新たな若木が天に引っ張られるように立ち上がっている。この原生林からは死が持ち出されず、命が巡っている。あんなに雲が厚く張っていた空が、今は思い出したように晴れ間を見せて、木立の隙間から注がれた光が下草を喜ばせていた。

広い尾根に出ると途端に歩きやすくなった。尾根の左右にはブナとミズナラが立ち並んでいるが、幅五メートル程の尾根筋には木がない代わりに砂利が敷かれている。人為的に作られた防火帯である。尾根の一方から上がってきた火を反対側に至らせない工夫だ。左手の眼下には木立の隙間から奥多摩湖が深緑の湖面を覗かせている。尾根を越えていく風が頬を撫でる。心地好い稜線歩きをしばらくすると、あっけなく鷹ノ巣山の山頂へ至った。

ちょうど土曜日の昼食時だったからか、登山客の姿がちらほらあった。縦走するには嵩張りすぎる椅子やレジャーシートを広げて寛ぐ様子から、大体が山の北側の日原か或いは南側の水根から入山した日帰り客だと見受けられた。

霧がかって眺望は皆無と言ってよかったが、山巓《さんてん》の直上だけは丸く雲が抜けて水色の空が覗いている。山田は適当な岩を見つけて腰を下ろし、背負いっぱなしだったバックパックを脇へ放った。汗に濡れた背中に風が当たってひんやりと心地好い。山田に背を向けて座るカップルの楽しそうなやりとりが聞こえてくる。
女「登って良かったねえ」
男「ねえ、気持ちがいいねえ」
女「どこかに水場はあるのかな?」
男「あると思うよ」
女「コンビニは?」
男「セブンイレブン鷹ノ巣山頂上店?」
女「はは! ぼったくられちゃいそう!」
山田は浮世離れして牧歌的な二人の会話をなんとはなしに聞いていた。
女「秘密兵器!」
何かを取り出したが、山田からは手元が見えない。
男「おー! どこに隠してたの? 食べよう食べよう」
男が喜んでいるのを見て、女も一層喜ぶ。
二人はその秘密兵器のビニール袋を開け、二つに割って同時に食べたようだった。女が「でも自分でもなんでこれ選んだのかわかんない」と咀嚼音混じりに言ったとき、ブワッと短い風が吹いた。女の足元から、秘密兵器を包んでいたビニール袋が勢いよく飛んでくる。山田はそれを止めようと咄嗟に立ち上がった。と同時に脹脛《ふくらはぎ》がばつんと腓返《こむらがえ》りを起こし、倒れ込むようにして袋を摑んだ。二人は「美味しいね！」と盛り上がるばかりで袋が飛ばされたことになど気づくそぶりもなく、山田としても楽しんでいる二人にわざわざゴミを突きつけるのも気が引けたので、静かにそれを自前のゴミ袋に放り入れた。その重さおよそ三グラム。こちらは余計なゴミを山に持ち込まないよう、食糧は全て家で包装を捨てた上でジップロックにまとめてきた。それが登山の常識だとものの本には書いてある。どうして他人のゴミを持ち帰らなければならないのだろう。そのうえ倒れ込んだところに運悪く尖った岩があったために、指先が切れて出血していた。不勉強な人間の側杖を食ったことを、山田は苦々しく思った。秘密兵器の正体はピザパンだった。「とろーりチーズのもっちりピザパン」という思考を手放させるような商品名さえ山田の心を逆撫でした。

　山頂からしばらく下ったところに鷹ノ巣山避難小屋がある。その周囲に広がる少し開けた場所が今夜の野営地だ。先客は二組あった。一方は古風なテンガロンハットを被った中年男性一人。もう一方は若い男性の二人組で、大きなゴールデンレトリーバーを連れている。山の夜は夏でも冷えると聞く。寝袋にあの毛むくじゃらがいたらさぞかし暖かいに違いないと羨ましく思った。山田はそれぞれから一〇メートルほどの距離を空けて、ブナの木の下にテントを張った。ゴロリと横になりたい気持ちを宥《なだ》め賺《すか》して、夜を過ごすための水を汲みにいく。避難小屋から五分ほど下った山肌に牛蒡程度の太さの鉄パイプが突き刺さり、その先からチョロチョロと水が流れ落ちている。手に受けて口に含む。美味い。両手に受けて呷るようにごくりと飲む。仰ぎ見た頭上には青々とした葉が何層にも重なり空が見えない。冷たい水で満たされたボトルを抱え、テントへ戻った。

足を縛り付けていた登山靴を脱ぎ、テントの中に転がり込む。人ひとり横になったら寝返りも打てない極小の空間。軽量化のために専用の骨組みを廃し、一ミリメートルにも満たない極薄のナイロン生地を二本のトレッキングポールで吊り上げるように支えただけの、頼りない様の住居。その重量わずか七〇〇グラム。石を投げられただけでひとたまりもないが、それでもささやかな安心感がある。

日が暮れるにはまだ時間があった。腹も減ってきているから早めに夕食を腹に詰め込んでしまう手もあったが、家賃一ヵ月分を投じて手に入れたふかふかの羽毛の寝袋に誘惑されてつい潜り込んでしまった。足元からじんわり暖かさが上がってくると、世界がグルグル捻れるような途方もない眠気に襲われる。昨夜はほとんど眠っていないのだから仕方がない。夜じゅうかけて気が滅入る手紙を書いていたのだ。

司法試験を受けるほどの情熱を持ち合わせていなかった山田は、大学を卒業するとあっさり製薬会社に就職した。その肩書きにMR（Medical Representative・医薬情報担当者）というたいそうな呼び名がついているが、自社の製品を医療関係者に売る営業社員だと言って概ね差し支えない。昨夜はある若い医師から呼び出しを受け、閉院後の病院に駆け付けたのだった。山田はその医師のことが苦手だった。歳が近いことも原因だろうか、山田に対して露骨な嫌がらせをする男だった。医師はその夜、労働者がその日の疲れを忘れるためにビールのグラスを傾けるように、滔々と山田を叱責した。山田さんね、と医師は言った。

「報告っていうのは、伝わって初めて報告なんですよ。メールを送って完了、ではありません。学生じゃないんだから」

　緊急でなければ電話をするな、と言ったのはこの医師だった。山田は医師に、ある薬の最新の使用例を調べてくるように指示されていた。しかし、大学病院の教授でもない若い医師の依頼は、製薬会社の学術担当者から軽んじられるのが常で、山田の再三の要請の結果、会社からデータが得られたのは回答期日の深夜だった。翌朝を待つこともなかろうと夜のうちにメールで医師にそのデータを送っていたのだ。医師は翌日になってもメールに気がつかなかったらしく、その責任を山田に帰せようとしていた。

「私が一日に何人の患者さんを診ているかわかっていますか？　報告が一日遅れるだけで、どれだけの人に迷惑をかけるか理解していますか？」

　迷惑なんてかけねえよ、と山田は心の中で吐き捨てた。だいいち、エビデンスとして認められるのは論文だけで、薬の使用例や症例の報告はあくまで報告にすぎない。いくつかのケースに影響されるのは科学的な態度と言えない。この医師も所詮、自らのバイアスから逃れられない知性の不足した人物に過ぎないのだ——。

「この状況でよく笑えますね。ちょっと変なんじゃないですか？」

医師にそう言われて、山田は自分がいやらしくニヤついていることに気がついた。かくして山田は夜を徹して「改善策」と題した反省文をしたためることになったのだった。

気がつくと奥歯をぎりぎりと食いしばっていた。携帯電話を見ると表示は圏外。医師には夏休みのことを伝えていない。着信があるかもしれないが、もはや如何ともし難い。それでいい。それでいいのだが、一週間後になんと言い訳すれば良いかと思案し始めてしまう。あんなに凶猛だった眠気が、怯えたように影を潜めてしまった。午睡は諦め、食事を摂ることにした。

拾い集めたブナの小枝を、チタン製の携帯焚き火台に並べ火を付ける。底には油を含んだ杉の枯れ葉を一摑み敷いているから、真っ白い煙と共にすぐさま火が立つ。汲んできた水で満たしたチタンの鍋を火にかけ、今夜の献立を考える。持ってきた夕食はほとんどが湯で戻すタイプの味付き乾燥米だ。本日の夕食はカレーリゾットに決めた。特に理由はない。三分とかからず沸いた湯をアルミのパウチに注ぎ、立ちのぼる湯気にカレーの匂いを嗅ぎ分けた瞬間、昼前にカレーパンを食べたことを思い出して、山田は自分の不注意を少し嘆いた。

あっという間にリゾットを平らげ、鍋に残った白湯で口を清めて寝袋に入った。天幕を通して、世界の光量が落ちていくのがよくわかる。さっきまでピーピーと姦しかった鳥たちもだんだんと声を落とし、最後は互いに点呼を取るように細切れに鳴いて、パタリと止んだ。今日の出来事をメモしておこうとメモ帳を取り出した頃にはもう文字が読めないほど暗く、諦めて目を閉じる。間も無く意識に絹の覆いが被せられるようにぼんやりとしてくる。

ふと、そういえば山中で、一人きりで眠るのは初めてだと思った。同時に、全身の骨をキリキリと針金で絞め上げられるような、嫌な恐怖感が霜のように降りてくる。どこかで味わったことのある感覚――。

あれは自分が一〇歳かそこらのとき。家族で奥多摩の、つまりこの近くのキャンプ場を訪れていた。目的は、夏休みの自由研究で観察するためのカブトムシを採集することだった。夜行性のカブトムシを捕まえるため、山田たちは昼のうちに罠を仕掛けた。それは、クヌギの幹に黒蜜と焼酎、潰したバナナを混ぜた特製の寄せ餌を塗りつけておくだけという、実に簡素なものだった。父と母と山田の三人は日暮れとともに眠った。そして夜明け前、三人はテントから静かに這い出し、罠を仕掛けたクヌギへ向かった。するとどうだろう、父が差し出した懐中電灯の光の円の中を、夥しい数の虫が蠢いているのだった。その中に雌雄どちらのカブトムシも数匹いるのを確認し、父も母も「よかったよかった」と安堵している様子だった。しかし、山田の心情は二人と全く異なるものだった。山田は金縛りにあったように動けなくなっていた。叫びたくても、喉が閉じて声が出なかった。そのときには理解できなかったが、あれは恐怖だったに違いないと今はわかる。貧弱な懐中電灯が照らす僅かな範囲を除いた全てを覆う完全な闇。光の円に目を凝らせば凝らすほど周りの闇は黒く塗り潰されていくよう。その一方で円の中の恐ろしい数の虫たちは、得体の知れない音を発している。カチカチ、パタパタ、ズルズル——。両親は息子の様子がおかしいことに気づくと、カブトムシのつがいを一組、緑の虫カゴに放り込み、山田をテントへと連れ帰った。そしてファミリーサイズの寝袋に飛び込む。全身をガタガタ震わせる山田を、父と母は左右からギュッと挟み込んだ。すると山田の震えはだんだんとおさまり、恐怖で凍りついていた骨もゆっくりと溶けていった。そのときの、両親から伝わってきた体温のことを、山田は今一人、寝袋の中で思い出していた。フーッと大きく息を吐き、顔まで寝袋に潜り込む。恐怖を溶かしてくれるあの熱は、どこに消えてしまったのだろう。ナイロンの床を通して体が土に溶けて沈んでいくように、意識が地中へと潜っていくのだった。

✡

ビョービョーという鳥の鳴き声で目が覚めた。幕の外がうっすらと白み始めている。枕元の時計を探り出して見ると朝の四時前。寝袋から露出している顔だけが冷えて別人のようにこわばっている。そういえば昨日の深夜、動物の息遣いを頭のすぐ上で感じた。ツッと控えめに舌を鳴らすと、思ったよりも重みのある足音をドタドタ響かせ、跳ねるように森へ逃げ込んでいったあれは鹿か猪か。朧な記憶を手繰り寄せようと試みるがどうにも頼りない。テントのファスナーを開けて、山田は驚いた。そこには昨日と全く違う世界が広がっていた。いや、違う世界であるはずはなく、当然ながら昨夜から一本線で続く同じ時間の中の同じ場所なのだ。しかし、真っ白である。雨でも雪でもない。薄めたミルクの底に沈んだように、濃い霧がすぐ目の前まで降りてきて、視界がないのだ。息を吸えば滑らかな霧がとろりと肺に流れてくるのを感じて甘く苦しい。山の向こうから漏れ出る朝日が、気体とも液体ともつかない乳白色の濃霧を伝ってここまで届いている。靴を履き、テントの外に出る。一〇メートルと離れていないテンガロンハットおじさんのテントさえ見ることができない。

ブルルッと体が震える。腕時計に組み込まれた気温計を見ると一〇度を下回っている。すぐに行動用の服に着替え、上着を羽織って湯を沸かす。朝食のナッツバーを頬張りながらテントの周囲を歩くと、そこら中にコロコロとしたチョコボール状の糞が落ちていた。昨晩の来訪者は鹿だったのか——と思うや否や、自分こそが招かれざる客であることに思い至り、山田は自分の思考に染みついた人間本位を嘲笑した。

　山の朝に飲む白湯は格別で、体の奥の細胞がふつふつと目を覚ます感覚がある——と高名な作家の随想にあった気がする。そして山田は今まさにそれと寸分違わぬ心象を経験しており、そのことが誇らしかった。


　夜露に濡れて重くなったテントをバックパックに詰め込み、依然として乳の海に沈んだままの野営地を後にした。

　今日の道のりは順当にいけばおよそ八時間。石尾根と呼ばれる稜線を北西へ進み、雲取山の頂上を越える。続いて尾根を外れて進路を南に取り、山腹を落ちるようにして一気に標高を一〇〇〇メートル下げる。そこにあるのが今日の野営予定地、三条の湯である。その名の通り、そこには温泉が出ている。山を歩いて行かないと辿り着かない秘湯は、山行記録に華を添えてくれるに違いなかった。

　霧の充満する尾根筋を歩き始める。五時半。鳥たちはどこかへ引っ込んで、代わりに重い静寂が辺りを満たす。音の響きを霧の粒が散らして落とす。自分の息遣いばかりが際立って大きく聞こえるからか、疲れが増して感じる。先の目標も見えないし、視界の深度が浅すぎて遠近感が損なわれている。標高が上がっていくのに比例して、霧の濃度も上がっていく。山の匂いが水滴になって鼻腔に飛び込んでくる。雨は降っていないのに顔も服もぐっしょりと濡れた。世界がぼやぼやと白濁して、足元には茶色の、視界の左右には緑色のインクを垂らして滲ませたようだ。これほど視界の利かない中、先行者のいない山に踏み入るのには恐怖が伴った。まだここは昨夜から続く野生の領域で、人間のための道を開けてくれてはいない。

　歩き始めて一時間ほど経った頃だった。高丸山のピークを越え尾根筋を下りたあたりで、乳白色に沈む登山道の真ん中に、赤いシルエットを見た。ぎょっとして目を凝らすと、山田の行く手を阻むように立つそれは、赤いワンピースを着た人間に違いなかった。再度ぎょっとした山田は歩みを止めたまま、どうすべきか思案した。こんな山奥の、しかもこんな早朝に、ワンピースを着ているなんてどう考えたっておかしい。それが自分の進路に立ちはだかっている。

　山田は距離をとったまま、声を掛けることにした。

「すいませーん」

　反応はない。

「大丈夫ですか？」

　赤いシルエットは微動だにしない。

山田は湧いてくる恐怖を押し殺し、霧を掻き分けるように登山道を進んだ。二〇メートル、一〇メートルとそれに近づくにつれ、正体がわかった。

ヤマツツジの真っ赤な花々。

大きなヤマツツジの木が霧の海の中で、墓参りに向かう老婆のように赤い花の群れを抱えて項垂れている。

キュー！　という警戒音が意識の端に響く。木立の中から雌鹿の黒い瞳がこちらを訝しげに見ていた。

見間違いと言うには余りにも瞭然たる姿だった。それがただの赤い花であったとわかってからも、山田は安心するより困惑した。躑躅《つつじ》の毒の所為だろうか。躑躅の蜜には少量の神経毒が含まれると知ったのは今の仕事に就いてからだった。路端に咲く躑躅の蜜を吸い過ぎてはいけないと母が言っていたのも、あながち道徳の問題からだけではなかったのかもしれない。ヤマツツジに同様の成分が含まれるのかは知る由もないが、なんらかの毒が瘴気となって霧に溶け、視覚に作用したのではないか——。山田は自分の経験した理解し難い事象をどうにか理屈に収めようと腐心した。山に化かされるなどという、自分が就中《なかんずく》嫌悪の対象としているお伽噺的発想に囚われそうになるのを振り切るように歩みを早めた。

霧に包まれた七ツ石山のピークを越えて、ブナ坂を下り、カラマツとミズナラの立ち並ぶ歩きやすい稜線道を北西へ進む。二〇一九年に閉鎖してしまった奥多摩小屋の跡を横目に、ヨモギノ頭の小ピークを過ぎると先に小雲取山が見えてくる。大将雲取山の一座手前、副将たるこの急な上りが足腰に堪える。特段気持ちいいわけでも、スリルがあるわけでもない、ただ急な葛《つづら》折《お》りを延々と上がっていく。

午前一〇時、雲取山の頂に立った。雲を取るほどに高い山と名付けられたその標高は二〇一七メートル。東京都にこれほどの山があることはあまり知られていない。

相変わらず分厚い雲が辺りに漂い、眺望はほとんどなかった。先に頂上でくつろいでいた登山客たちは、顔に達成感と一抹の口惜しさを漂わせて、おにぎりなどを食んでいる。

足を乾燥させるために靴を脱ぐ。蒸れたまま歩けば靴擦れを起こす。山の靴擦れは都市のそれとは比べものにならないほど深刻になりうるから、細やかなケアが必要なのは常識だ。

ここまで来ると、さすがにレジャーシートを広げるようなピクニック感覚の登山者はいない。代わりに、似たような本格派登山服で隈なく身を覆った数人が、「雲取山東京都最高峰」の石碑前で写真の順番待ちをしている。「こんな所まで来て列に並ぶのか」と、山田は可笑しく思った。

地図を開いてこの後のルートを確認する。ここ雲取山山頂がこれまで歩いてきた石尾根と呼ばれる稜線ルートの終点であり、東京都の末端でもある。ここからは奥秩父主脈縦走路がひたすら西へ伸びており、距離約六〇キロメートルで瑞牆山《みずがきやま》山麓から地上へ至る。山田が最終的に目指す先もそこではあるが、今日は西へ歩き出したら間も無く縦走路を南に逸れる。東京都の水源となっている深い原生林の山襞を縫うようにして、標高を一〇〇〇メートル下げれば三条の湯だ。

現在時刻は一〇時半。ここから三条の湯まではおよそ三時間。急ぐ時間と距離ではないが、べったりと山肌にへばりつく重い雲の存在が気になる。山の天気は午後崩れる。早めに動くことが何よりも肝要だとはどんな指南書にも書かれている。

気を引き締めて、大勢がくつろぐ山頂を後にする。急な坂をスイッチバックで二〇分ほど下ると三条ダルミと呼ばれる稜線の鞍部に出た。ここで尾根を外れ、山を南に下っていく。下りのコツはまず両手のトレッキングポールを地面に突き立て、手すりのように体重を預けて下りること。これは誰かの受け売りではない。山田がこの二日間で体得したオリジナルだ。上半身と心肺には負担がかかるが、足のダメージを大幅に軽減できると考えた。

ポールを突き、体を下ろす。ポールを突き、体を下ろす。

鬱蒼とした広葉樹林を黙々と歩く。昨日より明らかに山が深くなっているのを感じる。深い霧がその厳かさを引き立てる。所々で登山道が崩落している。両手両足でへばりつくように山側をよじ登り、安全だと思われる高さから崩落箇所を回り込んで越えていく。爪の隙間に土がめり込む。湿っぽい香りがまとわりついてくる。登山道に親指大の糞が散見される。コロコロとした可愛い鹿の糞ではなく、ドカンと勇ましい猪の糞でもなく、赤色をした果実の種をたくさん含んだ小洒落た糞。テンだ。面白いのは、彼らが明らかに選択的に、平らな石の上に糞をしていることだった。初めはたまたま石の上にされたものが目につくだけかと思ったが、だんだんとそうじゃないことがわかってきた。このあたりの登山道のほとんどを占める土が露出した部分には見当たらないけれど、時々現れる石の上には三度に一度の確率でカラフルな糞が置かれている。石の上のものが分解されづらいとしてもなお、説明がつかない。テンの意志を感じる。彼らは選択している。人間の場合はなるべく土に排便して埋めて隠すから逆である。思えば糞が恥ずかしい物だと考えるのは人間特有の習性であって、動物界ではむしろ自己主張の道具であることの方が多いわけだからこちらが奇妙なのだ。

初めはよかった。深い山を楽しんだ。しかし下り始めて一時間を過ぎた頃からゆっくりと心の奥底に不穏な感情が湧いてくるのを無視できなくなっていた。そしてあっという間に全身がその感情に占領されていった。

山田は歩みを止め、木々の間を抜く曇天を見上げた。

「うー。しんどい」

感情が音になって漏れた。当然のことだった。一五キログラムを超える荷を背負い、例えば不揃いな階段を一時間下り続けるとしたらどうだろうか。そしてそれがもう二時間続くことがわかっているとしたら。時計を見る回数が顕著に増えた。三〇分は下っただろうと思って時計を見ると一五分も歩いていない。もう三〇分は経っただろうと思ったら今度は一〇分も経っていない。時計を見る度に深く落胆した。一度で学習するということはもはやなかった。それは学習して改善するという類のものではなかった。どうか時間が過ぎていてくれという祈りでしかなかった。山田は取り憑かれたように腕時計を見る自分の状況に驚いていた。終わりが見えないという感覚は他のどの種の恐怖や絶望とも違っていた。

温泉などに欲を出した自分をもはや明確に呪ってはいたけれど、今ではその温泉の存在だけが心を支えてくれている。

「温泉。温泉。温泉。温泉」

ぶつぶつぶつぶつ呟き、一歩一歩進んでいく。温泉が待っている。温泉が全てを清算してくれる。「温泉」と繰り返し口に出すことによって、遅々として進まない時間というのろまを頭から追い出し、思考を「温泉」で満たそうと試みる。体はまだでも、思考だけは温泉に浸からせてやることができる。今こそ脳の不確かさを利用してやるのだ。歩き続けることさらに二時間。谷底の沢に架けられた木橋を渡ると赤い屋根の小屋が見えた。三条の湯である。と、申し合わせたようなタイミングで雨がパラパラと落ちてきた。矢も盾もたまらず、山田は編み出した歩法もかなぐり捨てて駆け出した。

一三時、三条の湯到着。

数人の客に昼食を供していた小屋番さんを受付に呼び出し、今夜泊まれる部屋はあるかと問う。予定では沢沿いに野営し、温泉だけを拝借するはずであったが事情が変わった。心身ともに疲労困憊である上に雨が降り始めている。濡れながらテントを立てて眠るだなんて、想像するだけでも心が萎れる。

「今日は他に宿泊のお客さんいらっしゃらないので、お一人で部屋使っていただいて結構ですよ」

麗しい言葉が脳髄にじんじんと沁みた。

入浴料込み一泊二食の代金九〇〇〇円を支払い、「雲取」の名が付けられた部屋へ転がり込む。八畳ほどの畳敷の部屋で、大きな窓からは深い渓谷が見渡せる。この上ない贅沢。テント泊であれば入浴料と合わせても一五〇〇円だったから出費としてはかなり嵩むが、その価値をもう十二分に感じていた。

い草の匂いを満足いくまで吸い込めば、いよいよ風呂の時間である。

居室からおもてを歩いて食堂を越えた先に立つ小屋が風呂場だ。こちらも緑を望む大窓がついた浴室に、四人入ればいっぱいというサイズの浴槽が一つ。水源地であるから石鹸などの使用は禁止で、故に体を洗うカランはない。疲れを癒すことに特化した、研ぎ澄まされた空間だ。

ヒノキの風呂蓋を開けると硫黄の香りがわっと漂う。掛け湯をしたら、湯の花がふわふわと浮かぶその水面にゆっくりと体を浸していく。

「う――」

思わず声が出る。

血液が驚いたようにグルグル速度を上げて回っている。身体中のセンサーが内側に向いたように、鼓動を全身の皮膚の裏で感じる。指先も、脹脛も、頬ももちろん鼓膜も、どくどくと脈打って騒々しいほど。

「サイコウダ」

誰に伝えるでもなく、けれど言わずにはいられない、行き場のない言葉が温められた空を漂う。

濃い湯である。湯の中で肌を撫でると、ヌルヌルと滑るほどである。床を這う大きな蜘蛛が、山田が溢れさせたねっとりとした湯の波から必死に逃れようとしている。

ここに鉱泉が出ることを発見したのは甲州の猟師だったという。彼は仕留め損ねた半矢の鹿を追っていた。やがて三本の沢が合流する場所で、逃げた鹿が湧き水に傷を浸しているのを見た。まさかと思い、この湧き水を沸かして入ると傷や皮膚病に効果があった。そして小屋が建てられ、今では三条の湯として登山客の疲れを癒しているのだ。実に頷ける話である。

疲れが毛穴という毛穴からどんどん流れ出している。つい数十分前に山田の心を占領していたうんざりするような感情も、どうやら腋のあたりから流れ出ていてもうほとんど内に残っていない。それにしても、今日の下りは辛かった。これまで生きてきて初めて味わう苦痛だった。責任を誰かに押しつけることも、義務を丸ごと放擲することもできない、先へ進むしかなく、その前進が確実に自らの肉体を傷つけ続けるという状況。現実逃避以外に、正気を保つ方法が何ら見つからない、まるで、解放される見込みのない収容所に閉ざされたような苦痛。幸運なことに、今回は解放の時間までどうにか耐え忍ぶことができた。しかし、次も耐えきれるかはわからない。

身も心も全部溶けてしまうまで湯に浮いていたいけれども、そうはいかない。因果なもので、体が疲れている時の長湯は湯疲れを招く。浮遊する意思をどうにか手繰り寄せて湯から上がり、貸切の和室へホクホクの体を連れ帰った。

夕食まではまだしばらく時間があった。すでにかなり空腹を感じてはいるけれど、三時間後の満腹が保証されている以上苦痛ではなかった。

いつの間にか篠突くように強まった雨を、窓のこちらでつくねんと眺める。テントの方が快適だなどと曰《のたま》う者もいるけれど、とんだ佯狂《ようきょう》と言う他ない。堅牢な壁と屋根に囲まれた家屋の方が快適に決まっている。家屋が運べないから、登山家たちは止むを得ずテントに僑居《きょうきょ》するのだ。

広々とした畳にゴロリと大の字に横たわる。と、腰のあたりがチクチクとする。手で触れてみてゾッとした。尻の割れ目の上のあたりに無数の硬いボコボコがあるではないか。恐る恐るカメラを背に回し、尻を撮って確認する。歪な形の真っ赤な発疹が腰中に広がっていた。

毛虫に刺されたのだ。

どこかに座った時に触れてしまったのか、それともバックパックにくっついていたのを気づかず背負ってしまったのか。そうとわかると痒くて仕方がない。掻けば掻くほど痒みが増すし腫れもする。痒さで人間は死なないからと、痒み止めを持ってきていない。痒みとはかくも苦しいものなのか。風呂で血行が促進されて、痒みのボタンが押されてしまったに違いない。食事の時間まで、山田は尻の上を掻いて過ごした。

この日の夕食にはひどく驚かされた。

手触りの良い木製のプレートに盛られたのは、分厚い鶏胸肉のハムが四切れ。イワナの半身が薫製で、頭と骨はこんがりと素揚げに。こんもりとした葉物のサラダに、茹でたブロッコリー。大ぶりなズッキーニが夏を感じさせるラタトゥイユ。その隣にはオリーブオイルで炒められたなにやら見慣れない食材。オレンジ色の皮の下に、鶏肉のようなプリンとした肉がついている。

「マスタケっていうんですよ」

探るようにそれを見ていた山田にニッカボッカを穿いた小屋番さんが助け船を出してくれた。ちょっと待ってくださいね、と言って一度食堂から出て行くと、大きな皿に調理前のそれを載せて戻ってきた。ピンク色の分厚い襞が幾重にも重なる、グロテスクと言っても過言ではない見てくれのそれがマスタケであった。

「僕はこのキノコ大好きなんです。ものすごく美味いです」

小屋番さんはまるで赤子をあやすようにピンクのマスタケを抱いて言う。ピンク色が鱒の肉にそっくりだから鱒茸の名がつけられたとのことだった。

早速一口頬張る。

「うーん」

思わず鼻から声が出る。美味い。そして実に不思議な味である。

食感は低温調理した鶏モモ肉と生麩を合わせたように、プリッフワッとしている。そしてその妙味が大変奇天烈で、何に例えることもままならない。ただ旨味がジュワジュワと溢れ出るのである。

「これは美味しいですね」

山田が感嘆を込めて言うと、小屋番さんは実に誇らしげだ。

「マスタケもイワナもこの山からとってきたものです。サラダのルッコラとトマト、ラタトゥイユのズッキーニなんかは小屋の前のスペースで育てています。他の食材も全部、山麓の村の物だけですよ」

どれもこれもが美味かった。イワナの薫製は香りの化け物とでもいうべき代物で、頭の素揚げは噛めば噛むほどじんわりと甘い。鶏ハムは一見何の変哲もないように思えたが、よく見ると緑色のソースが添えられている。

「ルッコラと松の実で作ったジェノバ風ソースです。ハムに合うと思いまして」

苦味がプレート全体の味をがっしと締め上げるような鋭さである。

「お米は好きなだけ食べてくださいね。あとこれが新玉ねぎと新ジャガで作ったビシソワーズです」と小屋番さんは止まらない。

ゆっくり味わいたくても、空腹の反動で掻き込むように食べてしまう。端から見たら動物のようだろうとはわかっていても止まらない。瞬く間に全ての皿を空にして、山田は言った。

「こんなに美味しい食事は久しぶりです」

小屋番さんは満足そうに頷く。

「代々木上原にあるメゾン・ド・ドクトゥールというレストランでも、風変わりな素材で作ったコースを食べたことがあるのですが、それに匹敵するようでした」

山田がそう言うと、小屋番さんは「そうですか」とだけ言って厨房へ下がった。

誉め方を失敗したことに、山田はすぐに気がついた。メゾン・ド・ドクトゥールと言えば、東京では知る人ぞ知る名店である。だから、多くの料理人に対する賞賛としては間違っていないはずだった。けれどここでは違うのだ。きっと小屋番さんの料理を、都会のレストランなどと並べるべきではなかったのだ。

自分の言葉の所為で、せっかくの食事の後味が悪くなってしまった。「ごちそうさまでした」と小さく言って、山田は食堂を後にした。

雑に敷いた布団に身を投げ出すように横たわり、メモ帳に記録を書きつける。


重く白濁した鷹ノ巣小屋の幕営場。つつじの瘴気。耐え難い下り——

明日には雨が落ち着いていることを期待して、山田は布団に潜り込んだ。爪先に違和感を感じ、暗がりの中で触れてみると、小さな水膨れができているようだった。長い下りの最中、靴の中でぶつかっていたのだろう。はぁ、と小さなため息を一つ。その存在から気を逸らすように、硬い枕に顔を埋める。もはや山田にはこれを処置する気力が残されていない。ほのかなカビの臭いが枕の奥から漂ってくる。山田はすこしずつ、山の深部へと近づいていた。

✡

　尻が痒くて目が覚めた。窓の外には白白明けの空が見える。細かな雨粒がトタンの屋根を打つさらさらとした音が鼓膜を撫でる。

　食堂へ行くと先客があった。いかにも人の好さそうな、山の紳士といった風情の白髪の男性。定年退職したばかりで、余る時間を山登りに費やしているのだという。どこから来たのかと尋ねられ、奥多摩駅から歩いてきたと答えると、彼は感慨深そうに良い道ですねと言った。

「しかし、昨日の天気じゃ雲取からの展望はなかったでしょう」

「はい、すっかり雲に覆われてまるきりでした」

「このあとはどちらへ？」

「飛龍山を登って、そのまま西へ稜線伝いに瑞牆の方へ」

「はー、それは本当に長い。となると、なかなかのご経験を？」

「ええ、まあ大したことはないのですが、そのくらいなら問題ないだろうと」

「そうですかそうですか。天気も崩れていきそうですから、きっと大変な道程になるでしょうね」

男性の心配そうな表情に、山田も不安を覚える。

「まあでも、ご経験者でらっしゃるのなら大丈夫ですね」

男性は納得したように茶を啜ると、「それ、新しいやつですか？」と、山田の足元に視線を送った。山田は何のことだかわからずきょとんとしている。

「靴です。スポルティバの新しいモデルですか？」と男性が聞きなおした。

「ああ、そうなんです。今年出たばかりで、ものすごく軽いんですよ」

男性は山田の靴をまじまじ見つめて、最近の道具はすごいものだと感心している。

山田は男性に聞いた。

「そちらはどんな行程で？」

「私は昨日お祭から歩き始めて、ここで一泊いたしまして、今日はもうサオラ峠を通って丹《た》波《ば》山《やま》に下ります」

「温泉ですか？」

「うっふっふ。そうなんです。ここでも温泉。下っても温泉。だらしがないものですから」

熱い緑茶をずずずと啜りながら、幸せを恥じるように目を細めた。

山田もそこへ行きたいと思った。ここから峠を一つ越え、四時間下れば村がある。そこには温泉も、痒み止めも、何でもあるのだ。反対に、ここからさらに北西へ進めば山はいよいよ深くなり、途中で町に降りられる場所もなくなる。踏み出せば最後まで歩き切らなければならない。

昨夜とは打って変わってシンプルな朝食（もちろんそれは美味かった）の間中、そのことばかり考えていた。ここで一度下山して、気持ちが整い次第改めて登ればいいのではないか。このまま無理に先へ進んで事故でも起こしたら、オトナとしていかがなものか。登山においてプロとアマチュアを隔てるのは「いざというときに引き返せるか否か」だと聞いたことがある。プロの登山家になろうとは思っちゃいないのだが云々。死んだら会社に迷惑を云々。母親の泣く姿が云々。

小屋番さんが食器を下げに来る。

「一五時頃から天気がかなり荒れそうなので、急いだ方が良いかもしれません。ここから笠取までだと、八時間か九時間はかかります」

「あぁ、それは急がなきゃ。ごちそうさまでした」

このような当たり障りのないやりとりによって、山田は何らの自発的な決意もなく、引き返せない一歩を踏み出すことが決定した。本来であれば、「ちょっともう心が折れつつあるので、ここは一旦下山して、またの機会を待ちたいと思います」と言ってしまえば良いのに、それができない。ここに自分しかいなければ、自分はきっと下山しただろうと山田は思った。他人の視線に晒されると、適切な判断ができなくなることがある。

六時。雨具を着込み、肩慣らし程度の雨が降るなか、後ろ髪を引かれるどころか首根っこを掴まれる思いで三条の湯を後にした。食堂でのんびりと景色を眺めていた白髪の紳士は、山田の姿を見るとわざわざ軒先まで見送りに出てきてくれた。

「ご存知だとは思いますが、山の雨はとても危険です。どうか気をつけて」

念を押すように言うと、コクリと頭を下げて食堂の中に戻っていった。

小屋の目の前の小さな急尾根を、回り込むようにして登っていく。温泉で養った英気はものの一〇分で使い果たした。左腿の付け根が痛み出す。思えば昨日の狂ったような下りの最中から、この痛みはそこにあったような気がする。知らぬふりをしていたのだ。それは心を守るための防衛本能であったと言ってもいいだろう。足が悪ければ山は歩けない。足の負傷を認識すれば歩みは止まってしまう。だから故意に認識しない。山中で一人、足を止めるわけにはいかないのだ。

両手のトレッキングポールに体を預けるようにして坂を上がる。とにかく足に負担をかけないように。体を思い切り前傾させ、自分の腹を見るように頭を下げ、肩を前に突き出して歩く。こうすると足と腕の力を節約し、これまで使っていなかった肩周りの大きな筋肉の力で前進できる。他の登山者から見たら奇態極まりないけれど、幸いにも見渡す限りひと気はない。新たに生み出した歩法でぐいぐいと坂を上がっていく。それにしても足場の悪い急坂だな、と思ったところではたと立ち止まり、後ろを振り向く。道がない。前を向く。やはり道がない。

　どこかで道を外れたのだ。

　怖気が走る。

　三条の湯から西へ向かうルートは人気がない。人気のない登山道は人が歩かないから踏み跡が不明瞭になりやすい。そこへ来て昨日の雨で地面が弾かれ、落ち葉が被さり道はいよいよわかりづらくなっていた。調子の悪いゴリラのような歩法では、視線が常に足下のみに向けられていた。足下だけを見ていると、まるで道がずっと続いているかのように錯覚する。一度顔を上げれば、自分の歩いている場所が周囲の道なき山肌と相違ないことに気がつくのである。

　真っ直ぐ立っているのもやっとな坂の中腹にいる。進行方向に道が続いていないのは明らかだ。後ろを振り返り、どこかに登山道が見当たらないか目を凝らす。二歩三歩、ずるずると滑り落ちるように元来たであろう方向へ引き返し、危険を察知したイタチのように顔を上げ周囲をゆっくりと見渡す。木立の切れた箇所はないか、光が射し込んでいる場所はないか、土の色が変わっているところは、或いは人工的な色はないか――。視覚には頼れないと悟ると、今度は鼓膜に神経を集中させる。しかし、どこに耳を向けても、ヘッドホンからホワイトノイズが流れているように、雨が葉を打つ以外の情報が得られない。音に閉じ込められている。山田はさらに下るべきか逡巡した。このまま下れば登山道に戻れる可能性は高い。しかし、どこまで下っても道に復帰できなかったとき、状況はさらに悪くなっている。それはつまり、どこかの谷に迷い込むことと同義であって、とりもなおさずそれは「遭難」と呼ばれる状態なのだ。その二文字は山田を慄かせた。その言葉は自分以外の登山者のためのものであったし、あらゆる準備はそれを避けるためのものであった。避けきれず、その渦中に投じられることは想定していなかった。

　三条の湯からまだそう離れてはいない。けれど、自分がどこから来たのか皆目見当がつかない。ジンジンと股関節が痛む。少し動かすだけで骨と骨が擦れるようにザラザラと感じる。この痛みの所為だ、と山田は思った。この絶え間のない痛みが、他のセンサーの回路を遮断したのだ。痛みが外界と山田を切り離し、山田を肉体の中に閉ざしてしまった。だから、道を外れたことになど気づけるはずもなかった。山田の動きが止まった。坂を登ることも、下ることもできない。脳がショートした感覚。或いは歯車に何かが引っかかって、回転が止まってしまった感覚。

私は道を歩きたいのだ、と山田は思った。

私は冒険家ではない。未踏の荒野を、道無き道を歩きたいわけではない。

長い歴史の中で人が踏んできた道。交易の道、杣《そま》の道、修験《しゅげん》の道、行楽の道。先人たちの踏んできた跡を、慎ましく歩きたいのだ。人間を避けるように山に入るけれど、結局は人間を感じていたいのだ。道がなくなれば、それは紛れもなく剝き出しの野生だ。私などが訪れるべき場所ではない。一刻も早く道に復帰しなければならない。淋しい。淋しくて悲しい。私は今地球で一人取り残されている。心の隙を突くように、雨に紛れて涙が溢れて出てくる。もったいない。せっかく重たい水を背負って歩いているのに、涙なんかで消費している場合ではない。もったいないことが悲しい。余計に涙が出る。暴れる感情を抑えつけることができない。三条の湯になど行かなければよかった。雲取山から真っ直ぐ西へ稜線を歩いていればこんな思いはしなくて済んだ。温泉のために一〇〇〇メートル下って、また一〇〇〇メートル登るだなんて馬鹿げている——。

　このままではまずい。体から離れていきそうな心の手綱をどうにか握りなおし、ポーチから地図とコンパスを取り出す。自分の周囲の尾根の形と、地図上の等高線のうねりを照らし合わせる。大丈夫。読図の方法は本で読んで覚えてきた。地図によれば、北東へ坂を上がっていた途中のある箇所で、鋭角に西へ折れなければならないポイントがあった。ここに気づかずひたすら北東へ突き進んできてしまったに違いない。山田は自分がどこで道を誤ったか、そしてその道がどのように続いているのかを理解した。思考が絡まり動きを止めていた脳が再び回り始める。元来た方向へ戻ることはせず、西へと直進することにした。そうすればいずれ北西へと続く道にぶつかることができるはずだ。

　山田はコンパスを握りしめ、崖と化した坂を横切るように西へ歩き出した。落ち葉を蹴立て、下草の露で靴が濡れることも厭わず、ただ一直線に歩いた。実際には見えていないゴールが目前に見えているかのように嬉々として、掌中のコンパスと首っ引きに、ずんずんと進んだ。

　目論見は正しかった。鬱蒼とした木立の中をもがくように歩くこと二〇分。汗みずくの山田は登山道に転がり出た。

　再び道に立つことができた山田は幸福だった。その道はこれまでよりいささか広く、何らかの祝福へと続く花道のように感じられた。この先には安心と安全がある。この道だけが自分を孤独の檻から連れ出してくれる。できることならこの道を強く抱きしめたい。二度とこいつを離さない――。山田は深く安堵すると共に、自分がいかに道に依存しているか骨の髄まで思い知らされたことを滑稽に思った。道なら都市に溢れるほどあるというのに、わざわざこんなところで道を探すのにあくせくするなんて。そしてまた、流れを取り戻した思考が山田を楽しませもした。社会とは道のことではないだろうか、と思った。野生の中ではこの道だけが安心感を与えてくれる空間であり、歴史であり、文化である。街とはこの道の集積のこと。例えば仰々しいビル群などというのも、道の添え物に過ぎないのかもしれない。そう思えばこそ、今自分がただ一人で占有しているこの道が一層尊く感じられる。

　道に関するこれらの発見は、山に入ってから一番の収獲に思われた。すぐにでもメモ帳に書きつけたかったが、雨と疲労で諦めた。これほど大きな発見を忘れるはずもないだろう。自分が書く紀行文が、ただの山行記録にとどまらず、哲学書の趣きまで備え始めていることに、興奮が隠せなかった。

　山田は執念深く、道を射るように睨みつけながら歩みを進めた。すると道の真ん中、枯れ葉の下で何かがモゾモゾと動いた。どうやらとぐろを巻いている。警戒しながらトレッキングポールでずいと小突くと、長さ三〇センチメートルほどの生き物がもんどりを打ってまろび出た。巨大な蛭《ヒル》だった。背は黒く、腹はニホンイモリのように鮮やかなオレンジ色をしている。サイズからすれば小型の蛇にも見えそうなものだが、そのぬめり、鈍重な動きは蛇から遠い。そしてなにより、小さな扇形をした頭部を左右に振りながらペチペチと地面を叩いて進路をとる滑稽な動きは、紛れもなく蛭である。縮こまっている時の胴の太さは親指ほどもあるが、蛇腹構造の体を盛んに伸び縮みさせ、細い時には小指程度で倍の長さにまで伸びている。いやはや、妙な生き物がいるものだと見惚れていると、その進路に巨大な蚯蚓《ミミズ》がゆったりくつろいでいるのに気がついた。山田が気づくのと同時に、蛭もその存在を感知したようだった。蛭は静かに大蚯蚓に近づくと、扇形の頭部をその頭の辺りにペチリとやった。と、次の瞬間。扇形の裏に隠されていた口がぬるりと開き、蚯蚓を頭から咥え込んだのである。蚯蚓は全身の筋肉を使ってのたうち回る。しかし、暴れれば暴れるほど、その体は蛭の体内に滑り込んでいく。果たして食われているという表現が適切なのか山田は自信が持てない。人間が足をタイツに差し入れていくように、蚯蚓がもう一枚表皮を纏おうとしているようでもある。決定的にそうでないのは、蚯蚓が逆に皮を剝がれる痛みに絶叫するように体を捩り、跳ね上がり、渦巻いていることである。しかし、大蚯蚓の抵抗虚しく、三〇秒とかからぬうちに、その体は丸ごと蛭に呑まれてしまったのだった。最後の最後、尻の先が取り込まれる寸前、黒々とした糞が蚯蚓の体から搾り出されるようにぽろりと落ちた。それは現世への未練だった。不意に訪れた自らの死を前にして、蚯蚓は自分の生きた痕跡をそのような形で残したのだった。しかしそれはまた、蛭によってそうするように仕向けられてもいるのだった。逆から食えば蚯蚓の排泄物を逃す手立てがない。蛭は戦略的に、蚯蚓を頭から食ったのだ。

　パンパンに張ってさらに動きの鈍くなった蛭と、小さな糞。

その光景は山田をしばらく混乱させた。これまで山田は蚯蚓に対し、秘めたる憧憬を抱いていた。それは蚯蚓がただ生きるだけで、ただ這い回り、食い、排泄するだけで土地を耕し、命を育み、万物に感謝される存在だからだった。なぜ人間はそうであれないのだろう。ただ生きる、というそれだけのことがどうにも難しい。歩いて、食って、糞をするだけで褒められるような、そんな存在になりたい——そんな風に思うことがあった。しかし山田は今、その末路の醜さをまざまざと見せつけられた。蚯蚓は讃えられ、誉めそやされることに拘泥した。結局のところ、存在の根拠を他者に委ねてしまった。その結果、「お前は美味い」と言われれば食われることを退けられなかった。誰かのために生きることは、食われることに続いている。挙句、悶え苦しみながら丸呑みにされ、せめてもの糞を一つ置き去りにするのがせいぜい。最後まで醜い存在。

蚯蚓になど憧れてはならない。蚯蚓は結局役割の輪の中に取り込まれてしまった。そこからもう一歩逸脱した存在、そこにこそ正しく幸福な生き方があるに違いない。

ここから山はいっそう深くなっていった。

訪れる登山客の少なさも相まって、至る所で崩落した道はそのままになっていたため、歩くのにひどく時間がかかった。厚く苔生《こけむ》した岩や木が、疲れ果てて腰を下ろす山田を幾ばくか癒し、濃厚な山気を吸い込むと肺から全身に生命力が流れるような気がした。

　飛龍山から先は、尾根から高度を一〇〇メートルほど下げて南西側につけられた巻道を歩く。この道はもともと水源林の巡視歩道だった。作業のためにはいちいち山頂など踏んでいられなかったし、その必要もなかったのだ。言わずもがな、山頂を通らない道など登山客の人気を得られるはずもない。

　巻道を三時間ほど歩くと将監《しょうげん》峠を越え、山ノ神土と呼ばれる分岐に出た。ここからはようやく尾根筋へ上がり、標高二一〇九メートルの唐松尾山と笠取山の頂をつなぐ稜線歩きが可能となる。が、山田が選んだのは引き続き鬱蒼とした巡視道であった。山田はスタンプラリーよろしく山頂を踏んでいくことを避けていた。本来的にはそれこそが意味のない作業とも言えるはずだが、経験を共有することが価値となってしまった現代においては、あらゆるスタンプラリーに意味が付与される。だから意味から逃れようとする山田はこれを避けざるを得なかった。

　その道はいよいよ人為が及んでいなかった。林床を覆う絨毯のようにふかふかとした苔が波打つ中に、微かに見える踏み跡を歩いた。一体どれだけの人がこの道を歩いているだろう。もうしばらくしたら道そのものがなくなってしまうのではないかと思うほど頼りない。やはり登山客は頂上というものが好きなのだろうか。写真を撮って、スタンプの埋まり具合を競うのだろう。最近では車で行けるキャンプ場が大賑わいだそうだ。誰も彼もが立派なテントを設営して、小洒落た家具を配置して、手間のかかった料理を食べている。家に帰る頃には心身ともに疲弊しやしないかと心配になる。それも、都市で生きるうちに被るのと同根の疲れだ。

度し難いものを目にしたのは、道が笹原の中を進むようになってからのことだった。

それは唐突に現れた。

地球もろとも摑み上げようとしたかのように深く刻まれた、五指の跡。

熊の足跡である。

これほどひと気のない道なのだから、ない方がおかしいのだ。しかしながら今自分が足を置こうとしたその固すぎも柔らかすぎもしない土の道に、漫画みたいにくっきりとつけられたその足形を見れば、まるで自分が捕食者の箱庭に迷い込んでしまったかのような（実際そうなのだが）、途方もない戦慄に襲われるのである。それは唐突かに思われたが、思い返せば予兆はいくつもあった。地面を掘り返したような跡、谷筋に漂っていた獣の臭い。そういった一つ一つの信号も、こちらに受信する素地がなければ意味をなさない。そしてその素地は、まさか自分はという強いバイアスによって見るも無残に荒れていた。

周囲に漂うあらゆる気配を取り逃がさんとして総毛立つ。

そしてその足跡がどうやらそう古くはなさそうだ、ということがわかる。専門家でも猟師でもないからその理屈は知る由もないけれど、しかしそれはわかる、と言える。山田は立ち止まり、顔を上げ、またしても周囲をゆっくりと見渡す。時折雨粒に打たれた葉が飛び上がるようにはねるのを除けば、なんらの気配も感じない。熊は人間を恐れるから、遠く距離が保たれた状況でこちらの存在を察知すれば逃げていく。事故が起こるのは大抵、深い藪や見通しの悪い谷で鉢合わせるときだ。そうなると熊としても牙を剝かざるを得ず、人間はそれに歯が立たない。だから登山者は熊除けの鈴をぶら下げるのだ。しかし雨がぱらつく状況では、聴覚も嗅覚も、もちろん視覚も、他者を発見するためには十全でない。それは山田にとってもそうであるし、熊にとってもそうに違いない。足跡は山田の進行方向を向いているが、明瞭なのは左の前足だけで、登山道を横切るようにして崖を上がったのだと推察された。

引き返すべきか。

ここまでの道中に熊の存在自体はなかった。一方この先で跋渉《ばっしょう》する熊と出会ってしまう可能性はゼロではない。三条の湯まで引き返せば五時間か六時間。この先へ行けば、二時間半か三時間で笠取小屋に辿り着けるだろう。

山田は先へ進むことにした。

それは合理的な判断とは言えなかった。本来であれば、熊と遭遇する可能性の低い方を選ぶべきだった。しかし、その選択をするのであればそもそも山になど入るべきでない、とも言えた。この期に及んでなお、山田は理屈を捏ねて自分の選択を如何様にも正当化できた。そして何より、こんなに憂鬱な道を戻るなんてまっぴらごめんだった。天気はこれからどんどん荒れていく。一刻も早く歩くのをやめて、雨をしのげる場所に身を寄せたかった。

もう関節の痛みにかまっている場合ではなかった。急いで歩けば熊に出会わなくて済むわけではない。むしろゆっくりと歩いたほうが距離を詰めずに済む可能性だってある。どちらが正しいかは誰にもわからない。しかし唯一明確なのは、自分の心が持たなそうだというその一点だった。熊に鉢合わせるかもしれないという恐怖を抱えたまま人界を離れた雨の登山道を一人歩く恐怖は並ではない。山深くても、行楽の盛んな人気の山であれば話は違う。熊もそんなところにわざわざ出向かない。けれどもここは余程の好事家かたまの巡視に訪れる水道局員しか歩かない道である。猟師でもないから銃もなく、手元には使ったこともない熊撃退用トウガラシスプレーが一本あるだけだ。山田はトレッキングポールをカンカンと打ち鳴らし、「あー！」とか「うー！」など独自の威嚇音を発しながら歩き続けた。朽ち果てた桟道を踏み、水が流れる沢の露岩を這い、深いクマザサを縫うようにして進んだ。

二時間ほど歩いただろうか、だんだんと熊の恐怖が遠のいて感じられた頃、足元の密な笹の隙間に、半ば埋もれかかったウィスキーの瓶を見つけた。ぐいと引き抜いたそれは見るからに古めかしく丸みを帯びた大ぶりな瓶で、満タンとは言わないまでもたっぷりと液体が詰まっている。いったいいつからここにあるのだろうか。恐る恐る蓋を開け、鼻を近づけてみると実に芳醇である。ウィスキーの香りが、街場で嗅ぐよりもずっと甘く感じる。この酒が発酵を続けたのか、それとも嗅覚が変異したのか。それにしても欲の深い人間がいるものだ。こんな山奥にまで、こんなに重い酒瓶を持ち込むとは。ガラス瓶などというのは最も携行に適さない。重く、火にかけることもできないし、何より割れてしまう。この持ち主は、そんなことを全て差し置いて、とにかく酒を飲みたくて、これをここまで運んだのだろう。しかし、道は険しく荷は重すぎた。とてもじゃないが運べない。荷を解き、不要な物を選別した時、選ばれたのがこのウィスキーだったのだ。その登山者はここでそれを開栓し、一口ゴクリと呷った。そして涙を呑んで、ここへ置き去りにした。

　山田はいつの間にか、夢中になってその匂いを嗅いでいた。

　そのとき、どこかからパキパキパキパキと枝の折れる音が聞こえてハッとした。山田は熊の住む森の只中にいるのだった。それにもかかわらず、こんなに甘く芳醇なアルコールの香りを空気中に漂わせるなど、熊を招いているのと等しい。

　耳を澄ませる。

次に音が聞こえたら、その方角を絶対に聞き分けなければならない。自分の呼吸がうるさい。息を殺し、恐る恐る目を瞑り、神経を聴覚に絞り込んでいく。雨がワッと勢いを増した。にもかかわらず、目蓋の向こうが明るくなるのを感じる。驚いて薄く目を開けると、つい数秒前まではどんよりと薄暗かった山中に、確かに眩い陽光が射し、その光の中を、大粒の雨がキラキラと真っ直ぐに降り落ちている。不思議な天気雨だ。雨を受けるように顔を空に向ける。額や頬を絶え間なく打つ雨粒がなんだかこそばゆく、心地好い。もしかして——と思い立ち、薄目を開けていた目蓋を大きく開く。眼球に直接雨粒が飛び込んでくる。視界はギラギラと歪み、空の白を囲うように木々の緑がぼやぼやと縁取っている。

気持ちいい、と山田は思った。眼球を直接何かに弄られる感覚は初めてで、それは腹の底をくすぐられるような、ほとんど性的な快感に近しいものでさえあった。山田はウィスキーの瓶を放り捨て、その場に膝を突き、できるだけ楽な姿勢で眼球に雨粒を受けようと試みた。可能であればこのままずっとこうしていたいと願った。しかし、快楽は唐突に打ち切られた。山側の木立からバキバキと枝を踏み折る音が聞こえたかと思うと、それが姿を現したのだ。

「あー、なんだここにあったのか」

それはそう独りごちると、ウィスキーの瓶を拾い上げて蓋を取り、山田がつい先ほどしたのと同じように香りを確かめた。

「おーこれこれ。ちょっと進んでるかもしれないな」

それはそう言うと、裏返した蓋になみなみ一杯ウィスキーを注ぎ、ぐいっと呷った。

それは人間だった。

妙に不恰好な人間だった。縮尺が狂って見えた。身長は一五〇センチメートルにも満たないにもかかわらず、頭部は一般成人男性のそれよりほんの少し大きく、彫りの深い目鼻立ちに太い海蘊《モズク》を思わせる密な頭髪と頬から顎先までを覆う剃り残したような青髭が顔を余計に大きく見せていた。とりわけ妙なのはその出立ちで、ニッカボッカの裾を長靴にたくし込み、上には薄汚れた白衣のようなものを羽織っている。

山田は熊の恐怖と、雨の官能と、そして目の前に現れた変な男とにほとんど同時に侵襲されて、その状況に対する適切な反応がわからなくなっていた。逃げ出すべきか、恥じ入るべきか、それとも何かを問うべきか。山田は結局、その男の振る舞いをただ見ているしかなかった。

「これ一杯飲まされる？」と蓋に注いだウィスキーを差し出してきた。

「せっかくのお誘い大変光栄なのですが、実は先刻熊の大きな足跡を発見いたしまして、ここでこんなにも甘いアルコールの香りを漂わせては危険かと考える次第なのですが」

山田は相手の妙な口調に引っ張られて、言葉遣いが変容している。

「熊のことなら心配なさらでよいでしょう。ほら、道の先をよく見てください」

男はそう言うと、山田の進行方向を指差した。山田はそのはるか先に、確かに大型の熊がいることを目視した。あんなにも遠くが見通せるとは何事だろうかと思ったが、見えるのは見える。紛れもなく見えている。熊がいることだけではなく、登山道の隅に蹲るようにして、鼻先で土を掘り返している、その動きさえ見えている。

「あれはしばらくあそこでああしていますから、ここではこうしているのがよいでしょう」

琥珀色の液体を愛しそうに光にかざす白衣姿の男は、実に博士と呼ぶに相応しい格好をしていた。そう言って男は二口目のウィスキーを呷る。

まもなく、山田は自分の足元が揺らぐ感覚を覚えた。それは例えば、砂浜の波打ち際に立ってしばらくするとまるで自分が動いているような錯覚を得るのと近しかった。しかしここは山であって、波が寄せてくるわけはない。山田は自分の足場を確認すべく視線を下へと向けた。そしてその時山田が見たものは、明確に、山田がそれまで三〇年足らずの人生で目にしてきたありとあらゆるものよりも恐ろしいものだった。

地面が生きているのだ。否、正確にいえば、地面が生物によって覆い尽くされているのである。蟻の類、ザトウムシの類、蜘蛛の類、ワラジムシの類、あるいはダニをはじめとするもっと小さな生物たち。地表のすぐ下でモゾモゾと蠕動する蚯蚓や蛭の動きもある。直後、山田はさらに悍《おぞ》ましい事実に思い当たる。自分を今まさに支えている二つの足、の下。縦二七センチメートル、横一〇センチメートルの足形、かける二。その、下。そこに生き物たちがいない理由がない。山田は恐る恐る、利き足である方の足、右足を上げ、その下をゆっくりと覗き見た。

「うっ」

胃液が沸騰するように喉元まで上がってくる。

右足が置かれていたその場所は、劇画的な地獄と化していた。

運良く致命傷を免れたダニは全速力でかけずり回り、足の外れた蜘蛛が、内臓を撒き散らして動かなくなった仲間を引きずって当て所なく歩き出す。潰れて紙切れのように薄くなったダンゴムシは、尻から線状に粘液を引きずり小さな砂粒を越えるのにも苦労している。音なき阿鼻叫喚。そして山田はバランスを取るためにジリジリと動く左足が生き物たちを今なおすり潰していることに気がつく。その生物の粘度を足裏に感じる。気が遠くなる。しかし卒倒するわけにもいかない。自分の体は投げ出されれば今爆弾だ。

「落ち着かないと」と博士風の男が静かに言う。「大声でも出そうものなら熊に気づかれてしまいます。こんな距離は彼、或いは彼女にかかれば物の数秒ですのです」

「しかし、今まさに私は幾万の命を奪ってしまったのです」

山田は救済を求める罪人のように告解した。するとと男はフーッとため息を一つついて、なるべく平らな岩を一つ見繕い、ヨッコラセと言って持ち上げたかと思うと、山田の足元にドスンと放った。

「私が予め殺して均しておきましたので、その上にお乗りなさいなら」

山田は渡りに船とばかり、両足をそこへ移した。左足の跡地にはなるべく目を向けないように意識したが、視界の端にやはり累々たる死を捉えてしまう。

「自分の手は汚さず、人が作り出した死の恩恵は平気で受ける、これ人間」

ブツブツと喋っている。

「おたくさんはここまでくるのに何歩歩いたかわからないですがね、一歩ごとに千は殺しているわけですね。私も同じくなわけですね」

講義をするように話を進める。

「人間っていうのは不思議なものでですね、これは実に研究するに値するテーマなのですが」黒板の前を行ったり来たりするように、足を振り子のように振り出して右へ左へ歩きながら話をする。無論、その一歩ごとに命がすり潰されている。

「食事のときばかり『命を頂きます。感謝しましょう。ご馳走様です』なんて言うでしょう？　あれがとにかく不思議なものでですね、ご覧の通り、私たちは一歩進むだけで仰天数の命を奪うわけですね。これは歩みにかかわらず、人間は生きているだけでそこいらじゅうの命を奪っているわけです」

　生きるというのは、命を奪うことなしではあり得ないなんていうのは常識中の常識です、と言って、ドスン、と力強く地面（命）を踏みつけた。

「これはですね、ないものが見えてしまっているわけではないわけでね、今まで見ないように努めていたものが今見えているというだけのことなわけです」

　山田は混乱の最中、男の言う意味がよく理解できた。確かに、生きるということは命を奪うことと同義なのかもしれない。であるならば、命を奪うことに罪悪感を抱くことはすなわち、自分が生きることに罪の意識を感じるということでもある。そうなると、罪悪感から逃れたければ死ぬしかない、そういう結論になる。実に論理的な考え方で、山田はにわかに博士風の男に尊敬の眼差しを向けざるを得なかった。いや、彼はむしろ博士そのものである。地獄を描いてきた絵師たちはこの光景を見て描いたんですな、と博士は付け加えるように言った。

「いずれにしても原子です」講義は止まらない。山田は熱心に聴講している。

「この虫たちはどれも原子の集まりです。踏み潰されて、動かなくなり、雨やもっと小さい生物に分解されてもなお原子です。それは変わりません。つまるところのスイヘーリーベです」

ピンときていない山田の表情を捉えて博士は説明する。

「水素ヘリウムリチウムベリリウムと、元素のことです。元素は原子の種類です。それはご存知？」

山田は、それなら知っている、と言いたげに大きく頷いて見せる。

「だから、潰れる前の虫と潰れた後の虫は何も変わらない、というわけです」博士がそう言い終わると、山田は挙手のうえ礼儀正しく質問をした。

「しかし博士、命が失われてしまうのではないですか？」

「いい質問ですね」と博士は和やかに笑み、山田はその言葉に悦びを覚える。

「それでは命とは何なのか、説明できますか？」

山田はそう言われて驚き、黙り込んでしまった。確かに、命とは一体なんだろう。

「失われる、というからにはまずそれが存在しなければなりませんね。命という物体が。しかし、そんなものはどこにもありません。見ることもできませんし、触ることもできません」

確かにその通りだ、と山田は思った。

「それでは、命とは運動だと考えてみてはどうでしょう」

「運動？」

「えぇ。命は運動。例えば、一度きりの、使い捨ての点火装置だけを持ったエンジン。動き始めれば燃料が補給される限り回り続けます。しかし燃料が絶たれるか、或いは外的な力によって止まってしまえばもう点火することができない。そんなエンジンがあるとすれば、その運動こそ命だと言えるのではないでしょうか」

山田はもはや首肯する以外にできることが見当たらない。今目の前で生命の秘密が解き明かされている。

「ですから、命は失われるのではなく、止まる、というただそれだけのことです」

そうか、命は運動に過ぎないのか、山田はその理屈に恍惚とした。そして同時に、この命を止めたくない、という欲望が自分の中にあることに気がついた。

「もちろん、形がないからといって価値がないなんてことはありません」と博士は山田の心の動きを読み取るように言った。「形がないものの方がむしろ尊いというのはJポップじゃ常識です。ですから、早く源頭へ向かいましょう。こんなところでもたもたしていてはいつ熊に気づかれてもおかしくないわけだから」

源頭？　山田は間の抜けた声を出した。

「博士、少々お待ち頂けませんか」

崖に取りつこうとしていた博士は首だけで山田に振り返り、次の言葉を待った。

「博士はご存知かもしれませんが、今私たちが歩いているルートは多摩川の源頭を通りません。実は数時間前に山頂など踏んでも意味がなかろうと判断し、南側に巻き込む作業道を選んでここまできてしまっているんです。多摩川の源頭は確か笠取山山頂のすぐ近くだったはず。ですので、このまま真っ直ぐ進めば、熊のことは一旦さておいて、源頭は通らず、笠取小屋に到着できるはずで、今夜はそこに泊まろうかと思って——」そこまで言ったところで、博士はいつの間にか山田の目の前わずか三〇センチメートルのところに立っており、目を血走らせて「許し難い」と言った。その声は怒りに震えてさえいた。

「当初の目的を忘れたとは言わせませんよ」

博士が言うことの意味を、山田は寸毫たりとも理解しなかった。山田はそんな自分に失望し、縋るように博士に問うた。

「本当に申し訳ありません。どうやらここ数日の山行の疲れと、熊の足跡のショックとで記憶が錯綜してしまっているようで、自分がそもそも何のためにここに来たのか思い出すことができません。この出来の悪い脳みそをどれだけ呪っても答えが出てこないのです。教えてください。私はなぜこんなところにいるのでしょうか」

山田の懇願に対し、博士は理解を示すように血走った目を穏やかな白に戻した。

「あなたは少年を探しにここまで来たんでしょう」

「少年？」

「ええ。多摩川の源頭を見たいと言って山に入ったまま行方がわからなくなった、無鉄砲な少年を探しに」

「あぁ！　そうでした！　何でそんな大事なことを忘れていたのだろう」

山田はすっかり当初の目的を思い出した気がした。

「しかし、博士はどうしてここに？」

「目的がはっきりしたのだから先を急ぎましょう。こんなところで熊に内臓ぶちまけられるのはごめんでございます」

山田の質問は届かなかったのか、博士はくるりと崖に向き直り、山肌を掴むようにしてぐいぐいと登り始めた。雨は降り続いていた。

✡

博士がぴたりと山の斜面に張り付いている。四肢がそれぞれ独立した意志を持って、その体を上へ上へと運んでいる。ヒラヒラと揺れてはためく白衣の裾が山田を誘う。山田は焦燥感に襲われる。こんなところで置き去りにされるわけにはいかない。つい先刻まで進むつもりだった登山道の先を見据える。はるか先に、普段は見えるはずもないほど先に、まだ熊の巨軀《きょく》がモゾついているのを認める。気取られる前にここを離れなければならない。

山田は草木の生い茂る崖に両の手を押し当てる。その湿度を含んだ冷たさにまず驚く。山肌というのはこんなに冷え冷えとしているのか。そしてその冷たい世界に生きる草花や虫たちの逞しさに感銘を受ける。いままでは意識にも上らなかった存在たちの生命を感じる。

崖面に穴を穿つように爪先を打ち付け力点を作り、体を持ち上げる。思ったより軽い、と思う。手を先へ動かし、足をもう一段上へ。スイスイと体が上へと運ばれていく。蜘蛛男のようだ。アメリカで人気の青と赤の。指先からやけに強靭な糸を出すやつ。いや、あれは指先からではなくて、手首の辺りから出ていたかもしれない。確かあの蜘蛛男は自分が英雄蜘蛛男であることを隠して暮らしていたはずだ。となると、今の自分の状況も人に知られてはならない？　かもしれない。あの主人公には幼なじみの女性がいた。雨降るニューヨークの路地裏に立つ女性に、空からひっくり返った形で降りて現れる蜘蛛男。彼女は蜘蛛男のマスクの口元だけをたくし下げ、口づけをしていた。あれはいいシーンだったな。自分にもあのような女性がいたらよかったのに。いつもひどい思いばかりさせられている――。

驚いた。今しばらくの間、目を瞑ったまま崖を上がっていたではないか。不思議な感覚だ。目を瞑っていても十分に見えている。目を開いてももちろん見えている。視覚、というのは網膜だけで得られるものではなかったのだ。考えてみれば当然のことだ。視覚は光を受け取り感じることだ。光はどんな隙間も逃さない。滑り込んで照らしてくれる。自分という存在が存在として光を受け取ることは可能だ。むしろ光の侵入を許さないことの方が難しい。完全な闇を作り出すのが難しいのと同様だ。それにしても眩しい。蛍光灯の光はあんなに苦痛なのに、この光は嫌いじゃない。光にも種類があるのだ。当たり前だ。光も原子だろうか。いや、あれは振動だ。光ファイバーというのは糸電話と同じ仕組みだ。だから光も振動だ。そうすると、光も命か？　であるならば、音も命？　博士に聞いてみなければ——あれ？　山田の動きが止まる。自分が今どこで何をしているのかしばしわからなくなる。そして思い出す。博士を追いかけているのだ。上方を見上げると、眩い木漏れ日の中を薄汚れた白衣がヒラヒラと舞うように上がっている。いつの間にかだいぶ離されてしまった。急がなければ。山田は届く範囲で最も高い位置にある石に手をかける。なんだこれは!?　山田はすぐに手を離す。それは動いていた。石ではなかった。心臓？　山田は目を疑った。いや、むしろ肺？　いずれにしても山肌に臓腑が落ちている？　山田は一度呼吸を整え、改めて冷静な目でそれを見る。石である。眠った赤子のように、ゆっくり膨張と収縮を繰り返している。縮んでいるときは湿っている表面が、膨らむにつれてサラリと乾く。息を吐き出すように縮むと同時に、中を満たす体液が表面に滲出する。血管のように見える表面の細い線がピクピクと脈動している。思えば山肌全体もゆっくりと波打っていた。大きく重い帆布のタープがゆったりとした大ぶりの風に揺られるように、山が内側から動かされている。まるで熊の背にしがみつくダニになったような気分だ。熊よ、私をここではないどこかへ運び去っておくれ――。いや、違うと山田は思った。これは昭和記念公園の「雲の海」だ。それは白いトランポリンで、小ぶりな山脈のように地面からぼこぼこと隆起している。そのうちの一番大きい山の頂上では、いい歳をした男が宙返りを披露し、その足元でひょこひょことバランスを崩しながら跳ねている子供たちの視線を一身に受けている。子供たちの遊び場を奪って、その眼差しを受ける大人の心理は如何様だろう。鼻にツンとくる醜さ。あ、男の足元に転がりこんだ他所の子供が着地する男に踏まれた。その破裂するような泣き声を聞いて、携帯電話に注意を奪われていた母親が駆け寄ろうとするが傾斜するトランポリンをうまく御せずに跳ね返されて転がり落ちる。母親の怒りは膨れ上がってなにやら叫ぶ。男は泣く子供を抱えてトランポリンの丘を下り、母親に手渡す。母親はひったくるように我が子を取り返し、子の泣き声は一段大きく響き渡る。トランポリンで飛び跳ねる子供たちの半分はその様子をじっと見つめ、半分は意にも介さずここぞとばかり空いた頂上を目指して跳ねる。保護者のほとんどはことの成り行きを横目に見ている。宙返り男も悪いが、目を離している母親も悪い。しかし、二人はそれぞれに自分の正当性と相手の不当性を主張している。自分こそが被害者であり、相手こそが加害者である。そこには海より広い隔たりがある。それぞれがそう思っているし、周囲の保護者たちは二人のどちらが加害者でどちらが被害者か裁判員さながら裁こうとしている――あの時から自分はずっと被害者だった、と山田は思った。被害者？　自分は何の被害者だったっけ――。思考が捕まらない。少しでも気を抜くと思考の繋留が解かれどこかへ飛んでいってしまう。顔を上げると博士はさらに遠くへ離れてしまっている。急いで手足を動かし、崖をよじ登る。博士が踏んでいったばかりの一本筋の踏み跡が、博士の後ろ姿に凧糸のように繋がっている。押し倒された草たちがムリムリと立ち上がろうとしている。急がなければ。必死に踏み跡を辿って崖を上がる。見上げれば白衣がヒラヒラと山田を誘っている。段々と距離が詰まっていく。追いつかれそうだ――ん？　追いつかれる？　何を言い間違えているのだろう。追っているのは自分だ。ん？　言い間違い？　誰と話しているわけでもないのに言い間違いとは如何に。まるで自分が阿呆になったようで山田は笑ってしまう。さぁ、そんなことで面白がっているうちに追いつかれるぞ。後ろを振り返ると山田がなぜかニヤニヤしながらこちらに向かって登ってくる。こんな状況で笑えるものかな？　と不思議に思う。急がないと博士に置いていかれてしまう。山田は前を向く。するとどうしたことだろう。先にいたはずの博士が姿をくらまし、代わりに大きなバックパックを背負った男が山田を先導している。博士はどこへ行った？　山田は強い不安に襲われる。博士がいてくれなければ、自分の居場所がわからなくなってしまう。それだけは避けたい。そうなったらもうどこにも戻ることはできないだろう。相変わらず誰かが背後から私を追ってくる。急がなければならないのは重々承知だ。急かされる筋合いはないのだ。

「いい加減にしろ！」

山田は振り返りざまそう叫んだ。しかし、その声は行き先を探して彷徨うばかりでどこにも届かない。

「そんな声出して熊を呼ぶつもりですか？」

頭上から博士の声が聞こえて我に返る。

山田を追う者はいない。山田が博士を追っているのだ。

しかし、その博士の姿が見えない。

さっきから何かが変だ。

自分が自分を追いかけていて、自分が自分に追いかけられている。

「ウロボロスじゃあるまいし」と、山田は笑う。

いや、見られている。

山田は自分が見られているということに気がついた。それは野生動物の視線を感じるということではない。山田は山田によって見られていた。

強い不安。

山田は世界を見るたった一つの主体として生きてきた。それなのに、なぜか今はその見られる世界の中に自分が含まれてしまっている。見ている存在としての自分だけが確かだったのに、見られている。そうすると、自分とは何だ？「我思う、故に我あり」と言ったのはデカルトだったか？ しかしこれでは思う主体があっちに行ってしまっていて、故にが成立しない。自分が世界に対して判断を下していたはずなのに、これでは自分が判断されてしまう。追いかけてくるやつを捕まえなければならない。捕まえて、こちらを見るな、判断するなと言ってやらなければならない。

山田は追手の不意をつくために、登っている姿勢から何らの構えも準備もなく、バッタが危険を察知し跳躍するように、全身のバネを全て使って崖から跳ねて、あとは重力に身を委ねるようにして転がり下った。柔らかな一叢の下生えにバックパックから突っ込むようにして止まってもなお、脳は回転を続けているようだった。これが慣性の法則か、と山田は納得した。見上げれば、染みるような緑が優しく辺りを包み込んでいる。なにやら心地好い音が脳の表面をさわさわとくすぐる。鉄琴のように細やかでいて、木琴のように円やかでもある。音の源を探すと、木々の間に隠れるようにこぢんまりとした沢が流れていた。それはただの沢ではなかった。

「めちゃくちゃとろみあるじゃん！」

と山田は叫んでいた。

確かに、その沢の水は片栗粉を溶いたようにトロトロと粘度を持っており、水面の凹凸が油絵のように際立っていて、渦が通常よりも多くできている。どこが淀んでおり、どこの流れが速いのか一目でわかるし、それによって水底の地形も手に取るように把握できる。

「マジでゴッホみたいだなぁ」

と山田は沢に顔を突き出すようにして独りごちる。ゴッホが描いた星月夜みたいな沢だ。山田はそれを目と耳で楽しむだけでは飽き足らず、右手をゆっくり流れに浸した。そして、その時山田が経験した感覚は、言語に絶する猛烈なものだった。

生温かい油のような何か（それは沢の水であったはずだ）が指先に、指と指の間に、その股に、手のひらに、生き物のようにまとわりついた。もはや流れに方向はなかった。餓えた鯉の群れが差し出された餌に口を押し当てるように、それは山田の手を弄り求めた。そしてそれはゆっくりと皮膚をすり抜け、体内に浸入した。山田にはその浸透がありありと感じられた。今まで幾万回と水に触れてきたにもかかわらず、その体内への浸入を拒んできたことを不思議に、そして悔しくさえ思った。それはいとも簡単に血管へ入り込み、目眩く血液の流れに乗った。自らの体の内側に触れたのはこれが初めてだった。熱い体内。窮屈な心臓に取り込まれ、放出される解放感。血管の内側に感じるざらつき。このままだと血管が詰まってしまいそうだ。生活習慣を改めて、抗血栓薬を処方してもらおう。巨峰のような肺胞はコーコーと調子が良さそうだ。タバコを吸わなかった自分を褒めてやらねば。腸の蠕動は少々鈍い。蒟蒻でも食べれば問題ないだろう。おおむね好調。白血球が虎視眈々とこちらの隙をつこうとしている。腹立たしいけれど、それが彼らの仕事だ。筋肉たちは大方がサボっている。末端に行くにつれ、凪いだように気持ちが落ち着く。その澱みや停滞に身を預けると、また心臓へ戻るのが億劫に感じられる。速い流れは好まない。ここが心地好い。自分の体の中にこそ安息があったのだ。灯台下暗し。この事実に気がついた人間は他にいるだろうか。みんなに教えてあげなきゃ。そうだ、これを本に認めよう――。そう思ったところで、今度は意識が指先から染み出した。当たり前だった。今、山田と沢は一本の線でつながっているのだ。そのこと自体、山田がこれまで経験したこともないような快感だった。交歓、と山田は思った。それは地球の体内に体を差し入れることにほかならなかった。まぐわっていた。そして山田は沢の流れに乗った。迷わず上流へ。源頭を目指した。そこに少年も博士もいるはずだ。山田は飛魚のように水面から跳ね出ると、風であった――風になった、と言うことはできない。風であったのだ。水であるのも風であるのも同じことだからだ。それらを正しく表せる言葉は存在しない。「水」も「風」も便宜上のラベルに過ぎない。全てが一体となった今、分類は無効だ。世界に言葉を与えて分割しようなどということが傲慢だ。「水」

や「風」という言葉を無くしてしまえばそれを分かつことなどできはしない。「水」や「風」というのは何かを表しているようで表せていない。それはただの言葉。言葉のための言葉。人間の弱さがそうさせている。弱さというのは人間が世界と対立するから生まれる発想であって、一体でありさえすれば主従も表裏も強弱もないのである。言うまでもなく、ここに至っては存在に意味も目的もない。ただたまたまそこにあるだけ。意味づけを行うのは自由だが、それが本質を脅かすことはあり得ない。

　山田はいよいよ源頭に近づいていた。

流れていく景色の先に、「水干《みずひ》」と書かれたいかにも人造の木杭が見える。これが多摩川の源頭と言われる場所だった。確かに岩の隙間からしとしとと水が染み出して、小さな溜まりを作っている。しかしそれがまやかしであることはもはや疑いの余地がなかった。ここが川の始まりであるなんて誰が納得できるだろう。どう考えたって道中である。この沢の源はここよりさらに上、そして雲、そして海、川、巡ってここ、沢。ああ、全て言葉。世界をご都合主義で分割した、その切れ目が源頭というわけだ。自分で引いた境界線に碑を立ててありがたがるなんて、まるで焼き肉の希少部位みたいなものだ。細切れにして名前をつければ全ての肉が「一頭から一人前しか取れない希少部位」になってしまう。そんなお笑いのネタをどこかで見た気がする。それよりも博士と少年だ。山田はあたりを探した。葉群れの中に、人間の足が横たわって見える。この期に及んで何をふざけているのだろう。山田は半ば苛立ちながら、むしろ驚かせるように勢いよく草を掻き分けた。

そこにあったのは、服を着たまま白骨化した遺体だった。

「うわあ！」

山田は大声を上げてひっくり返った——と次の瞬間、意識は一気に収縮するようにして、沢に手を浸している山田の中へ戻った。身体中の筋肉がこわばり、手を水から引き抜くことさえできない。遺体には見覚えがあった。苦しい。息を吸わなければならないのに、横隔膜が硬直している。すると体を支える左手の甲に、片足を失ったバッタが不恰好に飛び乗った。「あっ」と思わず声が出る。と同時に、肺に溜まっていた空気が風船の口を開けたように吐き出され、全身の硬直が解けて山田はゴロリとその場に頽れた。

✡

無人の笠取小屋に到着したのは、三条の湯を出てからおよそ一二時間が経った頃だった。細雨の降る中、ずぶ濡れで歯の根が合わない体をどうにか動かし、蹌踉《よろぼ》いながら設営したテントに潜り込んだ。靴下を絞ると、紅茶のように茶色い水がどぶどぶと搾り出される。一方で両足は血の気を失って真っ白く、イタチの脳のように皺々としている。濡れた手拭いで体を拭いてもますます冷えるばかりで、湯を沸かして飲もうかと思ったが、水筒には僅かしか水が残っていなかった。山田は棺のミイラのように寝袋にくるまり、震えが収まるのをただ待った。

あれは貫太だった。

意識から追い出そうとしても無駄だった。

あの白骨化した遺体が履いていた、ゴム底の剝離したコンバースも、土と同化しつつあったジーンズも、あまりにも見覚えがあった。雨に濡れ、ステンレスの素地が現実感なくキラキラと光っていたタイメックスの腕時計も、虫に食われて糸屑同然になっていたウールのニット帽も、どう考えても貫太のものだった。

貫太は六年前に死んだ。そのことを山田は他の誰よりよく知っていた。

二人が出会ったのは中学校の入学式だった。山田は体育館に並べられたパイプ椅子の、自分より二列前に座る貫太に見惚れていた。隣の小学校から来たその少年は、一二歳とは思えないくらい背が高くて、目鼻立ちはテレビのタレントみたいにはっきりとしていて、その上髪の毛はうっすらと茶色がかってさえいた。女子たちが早くも上ずった噂話を始めているのが聞こえた。貫太とクラスが同じだと知った時、山田は密やかに寿いだ。

二人はいつも一緒だった。山田は自分のサッカー部の練習が終わると、バレーボール部の練習を終えて出てくる貫太を体育館の外で待った。それぞれの家の方角は中学校から見てちょうど九〇度違ったけれど、山田は毎日貫太の家まで付いていき、日が暮れるまで玄関前で話をした。ひょんな成り行きで、山田がクラスのリーダー格と喧嘩になったことがあった。勝敗がつくほどのはっきりした喧嘩ではなかったが、自分がクラスの腫れ物になったように感じた山田は学校を飛び出した。その日の夕方、給食で出たコッペパンと牛乳を抱えて家の玄関先に現れた貫太に、山田は「ありがとう」と言いたかったのだけれど照れて言えなかった。修学旅行では少々のズルをして同じ班で京都に行った。三十三間堂では二人とも、自分のより先に、相手の顔にそっくりな仏像を見つけた。山田がなけなしの小遣いを出して買った抹茶ソフトクリームの、ソフトの部分をぼとりとアスファルトに落としたとき、貫太は自分のソフトクリームを半分食べさせてくれた。

貫太は優しい男だった。そしてその優しさは多分、彼の強さに支えられていた。それは勇気と言い換えてもよかった。

まっつんというあだ名のクラスメイトがいた。彼は左の手と左の足に障害を持っていた。中学校に入ったばかりの頃はしばしばいじめの標的にされたが、持ち前の剽《ひょう》軽《きん》さと明るい人柄で乗り切っていた。二年にもなると、自分の障害をネタに笑いをとることさえあった。事件が起こったのは、窓の外を大粒の雨が降り下ろす、梅雨の美術室だった。

「今日は、自分の手をデッサンします」

と中年の男性教師は言った。右利きの生徒は左手を、左利きの生徒は右手を描けという。生徒たちは一刻も早く課された任務を完遂しようと鉛筆を握った。しかしその中で一人、まっつんだけは机の天板に視線を落として硬直していた。机の下では、変形した左手が握りきれない拳を作って震えていた。

教師はすぐにそれに気づくと、

「まっつんも恥ずかしがることはないぞ。それも個性だ。しっかり受け入れるんだ」

そう言われて、まっつんは更に体を硬くした。そのとき、教室に貫太の声が響き渡った。

「先生、今日の課題変えませんか?」

教師は露骨に苛立ちを見せる。

「なんだお前。何が言いたいんだ」

貫太は教師を真っすぐに見据える。貫太の端正な顔は、怒ると大人を怯ませる迫力を持っていた。

「言いたいことあるなら言えよ」と教師は微かに狼狽えて言う。

「変えたほうがいいんじゃないですか？」

貫太が繰り返すと、教師はまるで馬鹿な生徒に呆れたかのように溜め息をつき、

「はいはい、じゃあみんな好きなものでも描いてくれなー」と吐き捨てて教室を出ていった。

まっつんはきっと、自分の左手を描くことはできなかった。それは、自分を受け入れることとも、それをネタに笑いをとることとも、全く異なる意味を持っていた。貫太だけはそのことに気付き、そして決して見て見ぬ振りなどせず、声を上げたのだった。

山田はその姿に、憧れた。あるべき人間の姿を見た気さえしていた。


貫太の父親が死んだのは、卒業を間近に控えた三月頭のことだった。

貫太は学校に来なくなった。山田はそんな時に連絡をして良いものかわからず、手をこまねいて寂しさばかりが募った。父親は家で首を吊ったのだという噂が流れた。山田はいよいよどうしたら良いものかわからなくなった。

卒業式が終わるとその足で、山田は貫太の卒業証書を持って家を訪れた。黒光りするその筒が、貫太に会える正当な理由そのものだった。しかし、何度インターホンを鳴らしても反応がなかった。山田はポストの上に卒業証書の筒を立てかけて、何処か

から焚き火の匂いが漂ってくる夕暮れの中を歩いて帰った。

都心の私立高校に進学した山田は、授業が終わると貫太の家を訪れるようになった。玄関先に学生鞄を投げ出しインターホンを押す。貫太の母親が出てきてくれるときにはしばらく話をした。貫太今日はいないの、と言うときもあれば、出て来られないみたい、と言うときもあった。誰も出てきてくれないときは、日が暮れる頃まで道に座ってただただ待った。向かいの家の小学生と顔見知りになり、時折サッカーの相手をした。隣の家の犬はいつの間にか山田を見ても吠えなくなった。

道に面した二階の部屋の、カーテンの閉ざされた窓の向こうに貫太はいるはずだった。だけど、表に出てくることはなかった。山田は毎日貫太の家を訪ねた。山田はそれを友情だと思っていた。貫太が部屋に籠るのをやめて、再び世界に飛び出して、みんなと楽しく過ごせるきっかけになりたいと思っていた。今まで散々与えてくれた優しさを、ようやく返せるときが来たと思っていた。一六歳になったら一緒にバイクの免許を取る約束をしていたから、山田には貫太と話をする権利があった。そしてもちろん、どうして自分とさえ会ってくれないのか、何があったのか教えて欲しかった。

しかし、やはり貫太が姿を現すことはなかった。

一年が過ぎ、もう半年が過ぎる頃、山田は家に行くのをやめた。きっかけがあったわけではない。もうきっと出てきてくれないだろうと悟ったのだった。

貫太から連絡が来たのは、大学二年のときだった。

五年ぶりに会ったその男は拍子抜けするほど元気そうで、なんだか一年半も家に通い詰めた自分がバカみたいに思えた。冗談みたいに大きなハイボールが出る居酒屋の、やたらと窮屈な座席で二人は向かい合った。山田が同級生たちの近況を一通り教えると、「あのとき、なんか俺おかしかったんだよね」と貫太が飲めない酒に頬を赤らめて唐突に言った。

「俺の親父死んだじゃん？」

山田の顔に緊張が走る。それを必死で隠しながら「そうだったみたいだね」と声を絞り出すように言う。

「家で首吊ってたの、俺が見つけたんだよ。朝」

山田は何か言わなければと言葉を探すけれど、ここで言うのにふさわしい言葉なんて持ち合わせていなかった。

「夜中に酒飲んで帰ってきて、俺たち家族はみんな関わらないように、隠れるみたいに寝ててさ。そしたら朝、リビングで首吊ってた」

「そうか」

「あの頃は酔うと平気で殴ってきたりしてたから、正直好きでもなんでもなかったんだけど、いざ目の前で死なれると結構へこんだよね」

「うん」

「それで、あのときから俺、宗教って全く信用できなくなったんだよね」

「え？　宗教？」

「うん。あれ、うち宗教やってたの知らなかった？　気づかれてるかなと思ってた」

山田はまるで気づいていなかった。

その宗教は誰もが名前を耳にしたことのある、日本有数の新興宗教だった。貫太の母親は両親から信仰を受け継ぎ、貫太の父は結婚に際して入信したのだという。貫太自身も父親が死ぬまでは漫然と信仰していたらしい。

「色々あったにせよ結局自殺してるんだから、宗教が何を救うんだよって」

その色々の部分が何かは聞けなかったけれど、貫太が宗教を信じられなくなるのは当然だと思った。それよりなにより、唯一無二の親友だと思っていた男のことを、実は何も知らなかったんだなと思うと、どんよりとした悲しさが腹の底に湧いてくるようだった。あれだけの時間を共に過ごしていたのに、貫太が何を信じていたかという、そんな大事なことさえ知らなかったのだ。山田はどうしても知りたかったことを聞いた。

「中学出てから、俺が毎日家行ってたの知ってる？」

貫太は枝豆を二粒プンップンッと口に押し出すと「知ってたよ」と言った。

「ごめん、迷惑だったよね」と山田が言うと、「そんなわけないじゃん」と貫太は目を丸くした。

「あのときは心の中がぐちゃぐちゃでさ。そんな状態の自分をどうしても見られたくなかったんだよね。歯医者とか、わざわざ母さんに車出してもらって遠くのところ行ってたもん。前の自分を知ってる人に会いたくなくて。でも、自分のことを気にしてくれてる奴がいるっていうのは、やっぱり嬉しいもんだよ。窓からこっそり覗こうとしても、カーテンが揺れたらバレると思ってできなくてさ」

ごめんな、と貫太が言い終えるのを待たず、山田は「すまんトイレ」と席を立った。便座にうずくまるように座って、しばらく泣いた。

二人は店が閉まる朝になっても話し続けた。失ってしまった五年間を必死で取り戻すように。

貫太はあの後通信制の高校に入学したけれど空気に馴染めず、一年も経たずに退学。現在は健康食品の会社に勤めているという。

店を追い出され、二人は早朝の新宿を駅へ向かって歩いた。それは確か冬が始まる頃で、「服ミスったな」という貫太は確かにどう考えても薄着だった。

「また会おうね」と互いに言って、山手線の改札前で二人は別れた。

それから二人は頻繁に新宿の安居酒屋で旧交を温めた。しかし時が経つにつれ、山田が貫太の誘いを断ることが増えていった。週に一度だったのが月に一度に、そして三ヵ月に一度というように。山田には大学での新たな交友関係があったし、試験にゼミにバイトにと忙しい日々を送っていたから、仕方のないことだった。山田には大切なものが増えていたのだ。そしてもう一つ、貫太と顔を合わせづらい理由があった。何度か話をしているうちに、勧めているという健康食品会社の事業が新手のマルチ商法だということに気がついたのだった。日々の業務は駅前や繁華街で行う新規メンバーの勧誘（本人は決して「勧誘」とは言わず、「仲間探し」と言った）で、新たな人員の獲得数に応じて地位が上がり、ゆくゆくは健康食品を扱う自分の小売店舗を持つことができるらしい。「これ、俺の直上の先輩」と言って誇らしげに見せてきたのは、フェラーリの横で虚空を見つめる男のSNSだった。今は会社が借り上げたアパートで「仲間」たちと共同生活をしながら、本当に幸せな暮らしを摑み取るため頑張っているのだと、貫太は目をギラつかせて言うのだった。山田が直接勧誘されることはなかったが、「本当は事業のことあんまり部外者に話しちゃいけないって言われてるんだよね。やっぱり嫉妬する人が足引っ張ってくるからさ」と言いながら話をしてくれる貫太と膝を突き合わせる時間には、独特の心地悪さが伴った。新規メンバーの数が目標に達しなかったときに金を払わなければならない（正確には、先輩の店で大量の商品を買わなければならない）ルールや、「人生に失敗はない。それを次に生かせば全て成功だ」という貫太が度々持ち出す標語はいかにもマルチ商法然としていたし、他言無用の指示も、シェアハウスでの暮らしも、参加者たちを元のコミュニティから引き離すための手順にしか感じられなかった。しかし、山田は貫太に「それマルチじゃないの？」と言うことができなかった。二人の距離は、それが可能になるほどにはまだ埋められていなかった。

　潮目が変わったのは、貫太の会社が大々的にワイドショーに取り上げられたときだった。人間の欲につけ込んだ巧妙な手口で急拡大する新たなマルチ商法として激しく糾弾され、連日「元仲間」たちの悲痛な声が放送された。

　山田が半年ぶりに呼び出されたのは、渋谷のカフェだった。貫太は胸に大きなブランドのロゴが配されたポロシャツの襟を立てて、一番奥の座席に座っていた。山田が到着すると間も無く、貫太の先輩という男が現れ貫太の隣に座った。ＳＮＳの写真で見たことのあるフェラーリの男だったが、想像していたよりもだいぶ小柄だった。もちろん、先輩のポロシャツにもまた別のブランドロゴがこれ見よがしに躍っていた。

「テレビのことは今ちょうど訴えてて」と貫太は先手を打った。

　放送の内容は全て事実無根で、彼らによれば一連のデマ騒動は競合する健康食品メーカーが仕組んだもの。今徹底的に戦う準備をしているのだという。そんな前置きも早々に、二人は山田に商品の説明を始めた。いよいよ切羽詰まっているのだろう。報道によれば、逃げ出せる段階の被害者は次々と脱会している。貫太とこの先輩は、もう引き返せないところまで来ているということだ。二人の言葉は一つとして山田に届かなかった。父親を亡くし、宗教を信用できないと言っていた貫太が、今度はマルチ商法に心酔しているという事実がどうにも悲しかった。もっと早く指摘しておくべきだったのではないかと自分を責めた。そして山田は、意を決して口を開いた。

「貫太、これはよくないよ」

それまで立板に水を流すように喋り続けていた貫太の動きが、一時停止ボタンを押したようにぴたりと止まった。

「貫太がやってることは、人を不幸にするババ抜きみたいなものだろう。最後にカードを持たされた人間が損をする。貫太は今俺にそのカードを渡そうとしてる。俺はそれを受け取らないよ」

貫太は口をぱくぱくさせるだけでもう言葉が出てこない。先輩はその隣で山田にというよりもむしろ貫太に向けて、露骨に不愉快そうな表情を浮かべている。

割り勘で会計を済ませ、貫太ともう会うことはないかもしれないなと思いながら店を出た。

貫太の訃報が届いたのは、それからわずか三日後のことだった。

父親と同じように、部屋で首を吊ったのだという。

葬式では貫太の死の理由について話そうとする者はいなかった。或いは、誰も本当のところを知らなかったのかもしれない。けれど山田にはそれがわかっていた。自分の言葉が彼を殺したに違いないと思っていた。

それからしばらくの間、山田は心療内科に通院した。向精神薬を飲むたびに、自分は加害者なのではなく、被害者なのだと思えた。宗教の被害者で、マルチ商法の被害者で、そして貫太の自死の被害者でもあった。山田はそれらを、自分に精神的苦痛を与える悪しきものたちとして分類した。同時に、どうして貫太のような人間がこんな死に方をしなければならなかったのかという疑問に囚われた。宿命と言われるようなものがもしもあるのなら、この抗い難い結末こそ、その名にふさわしいと思った。

✡

陽が沈んでしばらくすると、雨がピタリと止んだ。山田は水場を探すため、テントを這い出た。

標高一七七六メートルに位置する笠取小屋の周辺には、雨の代わりに深い霧が降りていた。テントを張ったのは、青い屋根が綺麗な母屋の裏。正面に回り込むと広い前庭が広がり、無人の机が淋しげに並んでいる。小屋の扉の前には薪が積まれ、バリケードのように人の侵入を拒んでいた。休業日のようだ。張り紙には、「クマ注意！　この森にはクマが住んでいます　※今年はツキノワグマの目撃情報が例年より多く報告されています」とあり、隣にはテント泊七〇〇円の表示。山田は料金箱代わりのポストに千円札をねじ込み、水場を探した。

　広い敷地をぐるりと歩いたが、水場らしきものは見つからなかった。ひとっこ一人いないから、誰かに尋ねることもできない。もしかして、小屋を閉めている間は水場も隠されるのではないだろうかなどと不安がよぎる。小屋の脇に置かれた錆びたドラム缶に雨水が溜まっていた。いざとなったらこれを煮沸して飲むしかないと思ったら憂鬱な気持ちになった。地図で付近の水場を確かめようとテントへ戻る道中、敷地の端に、谷へと伸びる崖に掘られた溝を見つけた。谷の先はそこから目視できなかったが、水というのは概して谷を流れるものだから、この先が怪しい。一旦テントへ戻り、熊撃退スプレーを持ってそこを降りることにした。

　滑りやすい泥の坂を降り始めて間も無く、その先で子鹿がこちらを見つめているのに気がついた。こちらに正対し、父の字に体を開いて微動だにしない。ずるずると坂を降りて近づいても動く気配がない。怯えているのだろうか、と思ったら案の定、我に返ったかのようにびくりと跳ねて、対岸を駆け上がっていった。子鹿が駆け寄った先で、大きな母鹿が静かな目でこちらを見下ろしていた。

霧が立ち込める小さな谷の先に、水場はあった。崖の奥から絶えず水が流れ落ちて、沢を作っている。鹿たちが熊の不在を教えてくれたような気がして、山田は安心してその水を手酌でガブガブと飲み、水筒いっぱいに汲んだ。勇んで飲んだから胸が痛くなったけれど、水がない不安が解消されたことが嬉しかった。ここから少し北、笠取山山頂へ向かう道中に分水嶺がある。東側に降った雨粒は荒川に、西側に降った雨粒は富士山の西を抜け太平洋に注ぐ富士川に、そして南側に降った雨粒は奥多摩湖へ流れて多摩川となる。だからこれは、多摩川の素だろう。

テントに戻り、汲んだばかりの水を沸かして夕食の準備に取り掛かった。取り掛かったと言っても、乾燥米のパウチの封を切る程度のことである。

そうして山田は歩き疲れた体を横たえる屋根を得て、喉を潤す水を得て、空腹で目を覚まさぬ程度の飯を摂り、大きな空の霞の中で、寝袋にすっぽりと収まるのだった。今日起きたことを忘れぬうちにと、メモ帳とペンを取り出したのだが、手に持ったペンが一五センチメートルほど伸びて感じられて上手く文字が書けなかった。明日朝、改めて源頭を見に行こう、と山田は考えた。そこに何があるのか、確かめなければならない。

✡

朝目が覚めると、山田は常識外れの幸福感に包まれていた。

雨は上がり、ナイロンの幕を透かす青白い朝日と静けさがテントの中を満たしている。まるで寝ている間に一度死に、目覚めと共に生き返ったような、そんな幸福感。このじわじわと腹を温める感情の源泉は何だろう。ひどい夢を見ていたのだ。現実には到底あり得ない、悍ましいできごと。まだどこからが夢でどこからが現実か判然としないが、少なくともようやく現実に戻って来たという実感が嬉しかった。そして山田はその幸福感の中に淋しさを見つけた。都市では味わえないような、ここに独り、という確かさがもたらす淋しさ。さらに山田は自由の手触りを感じた。自分の足を使ってここまでよじ登り、十分な衣食とともに横たわっている。その、たとえ仮初であっても、他人に依存していないという自信に基づく自由の感覚。それがこの狭隘《きょうあい》なナイロン製の座禅窟を、無限空間に浮かぶ船のように感じさせてくれる。このままどこまでも行けそうな気さえしてくるのだ。

朝食。フリーズドライの海苔茶漬けに湯を注ぐ。雨と土の香りに混じって立ち上がる海苔の香りがなんだか遠く懐かしい。火傷しそうに熱いそれを口に含むと、ザクザクとしたあられの食感が小気味良く顎から脳を刺激する。温かい米が腹に収まると、わかりやすいほど力が漲ってくる。

今日はひたすら西へと尾根を歩く。燕山《つばくらやま》、古礼山《これいさん》、水晶山《すいしょうやま》をつないだらそのまま標高を下げ雁坂峠《かりさかとうげ》へ。なおこの峠、「日本三大峠」の一つとして知られており、日本武尊が蝦夷の地平定のために利用した「日本最古の峠道」としても有り難がられている。さらに言えば、山梨から埼玉へ（または埼玉から山梨へ）抜けるこの峠道は現代になると国道一四〇号線とされ「日本の道１００選」にも選ばれたが、上下八里に人家なしとも言われる厳しい道のりであったところ、一九九八年にこの峠の下を六六二五メートルにわたって貫く雁坂トンネルが開通し、これが「日本で最も長い山岳トンネル」となった——。と、「大」だ「最」だ「選」だと手前勝手な背比べの冠が多い峠なのである。とはいえここには小屋もなければテントを張れる場所もない。下げた標高を再び上げて東破風山、西破風山の頂上を踏み、甲武信ヶ岳（標高二四七五メートル）至近の甲武信小屋まで至る合計八時間の道のりが本日の山行となる。昼過ぎからは雨の予報だったが、六時に出ても一四時には着くだろうから、少し濡れても大したダメージにはなるまい。

テントの玄関口に置いた登山靴に、長さ三センチメートル程度の馬陸《ヤスデ》が這い上っていた。薄いベージュに褐色の縞が入った体をうねうねとくねらせ、毛のように細い三〇対の足をふわふわと動かしている。もうすぐかかとの絶壁を登りきり、今にも履き口の尾根を越えて中へと侵入しそうである。ふと顔を上げると、テントの外壁にも同じ馬陸の影がちらほら透けて見えている。頂上付近に至っているものもあれば、中腹で休憩しているものもある。表に出てみると、ツルツルと滑るナイロンに足を取られて滑落したものたちが、テントの外周に沿ってゴロゴロとのたくっている。そして山田は気づく。テントの周りどころか、辺り一帯の地面が馬陸で覆い尽くされている――。

落ち葉が風に吹かれて動くのとは違う。地表を構成するドットがそれぞれ任意の方向へ、但し大体が同じ速度で動いている。蠢きという言葉でしか表し得ないその様は、見る者の足元を揺るがせる。

まだ終わっていない？

山田は自分が混乱に陥る兆しを感じ取った。すぐさまテントの中に駆け戻り、寝袋に体を横たえる。満員電車に駆け込んだ時のように、早鐘を打つ心臓をどうにか抑え込み、呼吸を強引に押し殺す。いやしかし、もしかしたら、この辺りの山域では、よくある現象なのかもしれない。それに今日は雨上がりだ。雨上がりにはどんな生き物も表に顔を出すものだ。山田は自分に言い聞かせる。これは現実にあることなのだ。そうだ、インターネットで調べればいい。携帯電話を起動する。しかし電波はここまで届かない。テントの外で得体の知れない世界が口を開けて待っているのを感じる。まだ自分は悪夢の内に閉ざされているのか？　恐る恐る入り口の隙間から外を覗き見る。やはり地面は蠢く馬陸に塗れている。いくら雨上がりでもこれは度が過ぎる。こんな浮世離れした光景、誰かが一枚写真を撮ってネットに上げれば、あっという間に拡散しているはずであって、過去にもこんなことがあれば山田もどこかで目にしているはずで、となると、これはやはりまだ夢――。

しかし山田は理屈を探した。

目の前の光景を現実の枠内に収めるために必要な理屈を、寝袋の中で芋虫のように這いずりながら探した。馴染みの世界に拉致されたくて、ニット帽で目と耳を覆う。すると脳裏をヌーの大群が駆け抜けた。年に一度、雨の匂いを頼りに新芽を求めてアフリカ大陸を移動する巨大な群れ。何度も映像や写真で見てきた。そしてカリブー。春になると極北を目指してアラスカを大移動するカリブーの群れ。写真家はその瞬間をカメラに収めるため、刺すような寒さにじっと耐えながら待ち続ける。今目の前で繰り広げられる状況もまた、それらと同様のものに違いない。地表を埋め尽くすほどの単一の生物の集合。それが突如として現れる。人間はヌーやカリブーの壮大な迫力に魅せられてきた。しかしこの、日本の湿った山域に現れる小さく醜い節足動物の大群にはそういった魅力がなかった。だから誰もこれを待とうとしなかったし、遭遇しても記録して人に見せようと思わなかった。だからこうして自然の懐の中に秘匿されてきたのである。

理屈が整った。これは紛れもなく現実だ。たまたま図鑑や教科書で目にすることのなかった、自然という恐ろしき存在の一つの部分にすぎないのだ。

ふ——。

山田は大きく息を吐くと、寝袋から這い出しテントの外を一瞥した。この数分のうちに馬陸が霧散してくれていたらどんなに幸福だろうかと山田は思った。しかし地表は相も変わらずちりちりと動いている。

冷凍庫から取り出したばかりのように冷たく湿った靴下を穿き、水を含んで重くなったテントをバックパックにぎゅうと押し込み、二匹に増えていた馬陸を払って靴を履く。

六時二〇分、出発。踏み潰す馬陸を最小限にとどめるため、蠢きの密度が低い場所を探しながら足を運ぶ。それでもすり潰された馬陸の遺骸が、土と混じりながら靴底の溝にむぎむぎ詰まっていくのを感じる。

高く聳えるブナの森を歩き出すとすぐに、木立の隙間から太陽が顔を出した。

ふわふわと宙を舞う水の粒子を貫いて、オレンジの光が狙い澄ましたように頬を温める。地表を柔らかく覆う深緑の下草が、蓄えた朝露に陽光を受けてキラキラと眩しいほどに輝いている。ここに至っては下生えに隠れて馬陸は見えない。森を抜け、心地よい風が抜ける開けた鞍部に出ると、長く伸びた自分の影が草原にくっきりと形をとっている。そこに分水嶺があった。正面右手には穏やかで端正な山容をした三角形の笠取山がこんもりと座している。そのすぐ下に、多摩川の源頭があるはずだ。

山田は左手へ進路をとり、源頭に背を向け甲武信ヶ岳へ続く稜線を歩き出した。源頭から一歩離れるごとに、脳が昨日の白昼夢を想起しようとする。貫太の遺体。「考えないように」と考えてしまう。「考えない」ということはできない。その行為には既に「考える」が含まれてしまっている。多分これがトラウマと呼ばれるものだろうと山田は分析した。普段は心理の表層にまで上がってこない、心の深い部分に負った傷が何かの拍子に首をもたげたのだ。街に戻ったら心療内科に行ったほうが良さそうだ。こういう類の、普段は気づけない病巣は、放っておくと取り返しのつかないところまで行ってしまうものだ。仕事柄、早期発見がいかに肝要かということについて山田は人並み以上に理解していた。自分を取り巻く状況が説明可能であると思えると幾分気が晴れた。あとは粛々と歩みを進め、景色を、花々を、山小屋を楽しみ、下山した暁には温泉とビールだ。

温泉、ビール、温泉、ビール、温泉、ビール、温泉、ビール。

足の運びに合わせて呟けば、心が軽やかに跳ね始める。

再び林のトンネルに入ると、今度は斑らに射し込む光芒が足元のクマザサを踊らせていた。道を外れた笹原の奥には、老朽化に伴い立ち入り禁止となったボロボロの雁峠小屋が危ういバランスで立っている。取り壊されることも、補修されることも建て直されることもないまま、ただ枯れ木たちと共に朽ちようとしている。

　雁峠を越え、急坂を葛折りに上がる。息が切れて立ち止まる。ふと振り返ると、黒々と青い空の中を、過ぎてきた緑の尾根筋が遠く伸び、その向こうに現実離れした白さの富士山が脱色された月のように浮かんでいた。

　そう、それは現実離れして白かった。

　その見覚えあるはずの大きな山は目が眩むほど白く、のっぺり茫洋として実在感を持たず、どこか地球外から深夜のうちに人知れず降り立って、我々の見慣れた富士山と何食わぬ顔ですげ替わってしまったかのようだ。こんな気味の悪い富士山では、銭湯の壁にも描かれまい。

　自分の信じてきた世界が、何者かに侵食されようとしている。

　今朝の馬陸だってそうだ。それともこれは誰か、或いは何かからのメッセージだろうか。まるで安っぽい漫画じゃないか。いかにも駆け出しの作家が思いつきそうな筋だ。主人公だけが、脈絡もなく侵略者からのメッセージを受け取り、街を救うための試練に翻弄される中で加速度的に自らが成長していく――。しかし今、山田は自分の目の前で生じている奇怪な物事の一つ一つを、現実のものでないと疑う術を失いつつあった。現実の確かさが、次々と失われている。山田はその途方もない不安感に打たれた。山田は急坂の中程にもかかわらず力なく座り込む。足元では夥しい数の馬陸が絡み合うように行き交っている。

源頭へ行かなければならない――山田はそう思った。

ここまでの状況から鑑みて、この侵食から目を背けたまま先へ進むのは現実的ではない。いや、もはやここでいう現実的が意味するところは不明だが、いずれにしてもこの世界の確かさを今一度確認しなければもう先へは進めなかった。いっそひととき安っぽい漫画の主人公になりきるべきかもしれない。いましがた来た道を分岐まで引き返し、源頭が単なる川の始まりであることを確かめ、そしてまたこの道を歩いて甲武信小屋まで歩くだけだ。分岐からここまで一時間半ほどかかった。分岐から源頭までは一時間も要さないだろう。つまり、源頭までの往復でかかる時間はおよそ四時間。今夜は小屋に泊まる予定だから、多少日が暮れてからの到着でも構わない。山田は重い腰を上げ、たった今息急き切らして上がってきた葛折りの登山道を下り始めた。無駄な時間と体力を消費したことが心底腹立たしかった。あの時分岐を右へ曲がるべきだった。昨夜には源頭へ行こうと決めていたのに、今朝の自分ときたらまるで別人だったではないか。起き抜けのあの過剰に爽やかな心地よさが、然るべき判断を阻害したに違いなかった。しかし実際のところ、頭の中は「源頭」の二文字に占領されていた。山田は急いた足取りで再び峠を越え、傾いた雁峠小屋を横目に、笠取山へ至る分岐へと戻った。

そしてそこにはやはり、博士がいたのだった。

「ちょっと山田さんね。かなりの大遅刻ですもんね」

博士は岩に腰掛け、実に不愉快そうにそう言った。山田はもう驚くそぶりも見せない。博士のとは道を挟んで反対側の大ぶりな岩に腰を下ろして、「僕まだ名乗ってもいませんよ。なんで名前を知ってるんですか」と咎めるように聞く。

「早く参りましょう」

博士はそれに答える義務はないとでも言うように問いをあしらい、立ち上がるように促す。

山田は動こうとしない。

「博士、ひとつ教えてほしいのですが」

山田の強い声色に、博士は身構える。

「どうして今日になって突然、こんなにたくさんの馬陸が現れたのですか」

山田は今なお靴底で踏み潰している馬陸について、博士には説明をする義務があると思った。博士は驚いたような表情を浮かべてから「なんだそんなことですか」と仰々しく胸を撫で下ろした。

「周期ゼミはご存じ上げない？」

謙譲語でも尊敬語でもない妙な言葉遣いを山田は嘲る。

「そんな日本語じゃドクターに笑われますよ」

山田は口をついて出た言葉によって、妙なタイミングで自分の地上での仕事を思い出した。それはまるで過去に請け負っていた役割かのように懐かしく響いた。

「私ももちろんドクターですが、そんなことはどうでもよろしくて、ご存じ上げない？」

山田は首を振る。

「素数ゼミ、とも言いますが、それでもご存じ上げない？」

山田は再び首を振る。

「なるほど、不勉強ここに極まれり」と博士は肩を落とした。

「ちょうど先月、ニュースになっていたじゃあないですか、周期ゼミ。今アメリカで大発生してるって。一三年周期の群と一七年周期の群がいて、今年は一七年の方が表に出て来たって言っていたじゃあないですか。何十億匹も一気に地上に出て来て、生態系を揺るがす大事件だ！　って。しかしそれも含めて生態系ですからね、じゃああなたたちが護ろうとしている生態系とやらは一体どの生態系なんだっていう気が、私なんかはしますけれども」

山田は確かにそのニュースを見たような気がした。さらに、人間一般が守ろうとしている生態系とは一体どの生態系のことなのだろうかと、博士による問題提起の鋭利さにまたしても言葉を失っていた。

「そして、このキシャヤスデも同じです。こちらは八年周期です」

「キシャヤスデ」と山田はただ繰り返す。

「かつて大発生した時に、線路を覆った馬陸を列車が踏み潰して、車輪が滑って動けなくなったことから汽車の馬陸でキシャヤスデ、とものの本には説明されています」

山田は感心して、惚けたように頷くばかり。こうなると博士の講釈は止まらない。

「土の中で七年かけて成長したキシャヤスデは、八年目にして成体になると交尾の相手を求めて一斉に地上に顔を出しますね。そうすると交配が行われまして、新たな命が地中で育ち、また八年後に大発生とこういった具合に相なります。さて、ここで問題です。なぜこのようなことになっているのでしょうか？」

「その理由はですね」と、博士は山田が考える時間さえ惜しむように言葉を続ける。

「一斉に発生することで、鳥だとかネズミだとかの天敵からの攻撃を分散して、種の生き残りを図る、というのが有力な説でです。さらにセミで言えば、一三年組と一七年組の大発生がかぶる年は一三×一七で二二一年に一度でしょう。それに、捕食者のライフサイクルから発生のタイミングをずらすことにもなっていてです。例えば野生の鳥が大抵二から五年で生涯を終えますからね、その繁殖周期とセミが地表に出る周期がぶつかってしまえば大打撃となりますわね。であるから最小公倍数が最大化される素数周期になったというわけなんですね」

山田は目を輝かせ、誉められたがる小学生のように挙手をしている。

「山田くん質問どうぞ」

「はい、今のご説明、理解できたのですが、このキシャヤスデは八年周期の一群ですよね？　そうすると素数でもないし、戦略としては不十分ではないですか？」

博士は山田が質問しているあいだ中、何度もこくこくと頷いている。

「いい質問だ、と言いたいところですが、ひとつ間違いを犯していますね」

山田は固唾を呑んで続きを待つ。

「不十分なのは、私たちの理解の方だ、ということです。そもそも、各個体が連絡もなしに、どのようなトリガーを使って一斉に動き出すのかということに関してはまだ何も明らかになっていませんね。それに、先ほどの最小公倍数の話も我々の想像の範疇を出ません。自然は理解不能です。どうしても理解したければどこか適当な宗教にでも入ってみることです。せいぜい理解した気にはさせてくれるでしょう」

山田は自身の驕りに深く恥じ入った。自分のごくごく小さな世界認識をもとに「不十分」などという評価を下そうとした自分が情けない。博士は最後に付け加えるように、キシャヤスデはムカデと違って刺しはしないが潰すとひどく臭いのと、その体液が毒なので鳥にも捕食されないのだと言った。

「さて、ここでもたもたしていても徹頭徹尾何にもなりません。寸毫たりとも、一匹残らずです。一心不乱に源頭へ行き、粉骨砕身して少年を探してきなさい」

博士は近頃四字熟語に心酔しているようだった。

「初志貫徹です」

博士はそう言うと、たった今山田が歩いてきた甲武信ヶ岳へ至る方向に歩き出した。「ちょっと待ってください」山田は呼び止める。博士は白々しく山田を振り返る。

「源頭はこっちですよ？」

山田はこんもりとした笠取山を指差す。博士は穏やかな声でそれに答える。

「源頭へ行くのはあなたであって私ではありませんね。私は一足お先に甲武信小屋で茶でもずいずいお待ちしております」

当然ながら、山田は博士に離れてほしくなかった。この不確かな世界で唯一、彼だけが説明を与えてくれた。彼の説明によって、山田は少しずつではあるけれど、世界の確かさを取り戻していった。しかしまた、博士は山田の元を去っていってしまう。彼を引き止めることなどできないと山田は承知していた。なぜなら、彼はいつも正しいのだから。

山田は博士を見送り、源頭を目指し東へ進路をとった。

尾根筋を外れ笠取山の裾へ入ると、道の相貌ががらりと変わった。

ブナの密集した登山道には長らく陽が射し込んでいないのか、逃げ場を失った空気がじっとりと滞留している。気が滅入るほど薄暗く、息苦しい。間も無くして辿り着いた多摩川の源頭は、昨日見た光景とゾッとするほど違わず、申し訳程度に滴る水といかにも人造の木杭とが、こじつけられた「源頭」の名前を物悲しく感じさせた。そして貫太の遺体が横たえられていた茂みの陰に、今度は別の何かがうずくまっているのだった。

山田はそれに一歩ずつ近づいた。何もない源頭を確認しに来ようなどというのは自分に対するまやかしだったと、この時山田は気がついた。ここに間違いなく何かがあると知っていた。しかしその説明のつかない確信こそが彼を不安にさせた。だからその確かさから目を背けていた。ところが目を背けている自分を認識できる程度には、山田は聡明だった。だからこうして、逃げ出したい思いを堪えて、茂みの陰を確認しようと足を踏み出すのだ。

そしてそこに蹲っていたのは、確かに少年だった。

重たい色のパーカーを着て、ベージュのズボンを穿いた少年らしき物体が、正座をしたまま前に倒れ込むように背を丸めている。大ぶりなフードに隠れて顔は見えないが、小刻みに収縮する背中がその小さな命の存続を知らせている。体格からして低学年くらいの小学生だろうか。

山田は一つ呼吸を置いてから、「あの」とまずは控え目に声をかける。

しかし少年の背は相変わらず呼吸に合わせて一定のリズムで動いている。

「大丈夫ですか？」

今度は腹から声を出す。しかし反応はない。

山田は恐る恐るその背に手を触れる。

「うわ！」と声を出したのは山田だった。少年のパーカーがぐっしょりと濡れていたことに驚いたのだ。掌に移った僅かな水分にその体温が残っている。それでもなお、少年は反応を示さない。山田は少年の表情を確かめようと、重く濡れたフードを摘み上げ、ゆっくりと顔を覗き込んだ。

それは少し苦しそうに眉間に皺を寄せて眠る、どこにでもいそうな少年だった。ただ一点、目がないということを除いて。より正確に言えば、本来眼球があるべき場所にそれがなく、代わりにイルカの耳のような黒く深い穴が一対穿たれていた。

その顔貌に山田はたじろいだ。名状し難い感覚が身体を貫いた。それは単純な恐怖や嫌悪とは違った。

しかし、醜い――。

取り急ぎ山田はそう評価した。

この醜い少年は一体何者なのだろうか。博士によれば、多摩川の源頭に興味を持った無鉄砲な男児に過ぎない。そういえば博士――博士はどうしてこんな大事な時に現れてくれないのだろう。彼の説明がなければ今の状況は難解すぎる。

　山田は少年を前に手をこまねいた。博士の言うことが正しければ、自分は少年を探してここまで来たに違いない。しかしそもそもなぜ少年を探さなければならなかったのだろう。それがわからないから、発見した今どう振る舞うべきかもわからない。もしかしたら、見つけただけで十分なのではなかろうか。あとはもう、ただ下山して警察にでも報告すればそれで良いのでは？――そこまで考えたところで、山田は少年の穴のような目がじっとこちらを見つめていることに気がついた。山田もまた、少年に発見されていた。次の行動の選択権は山田一人に委ねられてはいなかった。どうやら少年は山田の存在に怯えているようだった。全身に固く力が入っているのがわかる。

「こんにちは」

　山田は咄嗟に、努めて明るく声をかけた。保護しようとしている人間が、保護されようとしている人間にかける声色としては申し分なかった。しかし少年はその声か或いは山田の歪んだ笑顔になお怖気付き、まだ満足に動かない体を窮屈そうに動かしてバタバタと後退った。相手が求めていなければ助けようがない。というよりも、助けるという構造が成り立たない。アフリカの貧国に届けられるボロ切れ同然の衣服と同じ。或いは食人を止めさせようと決死の覚悟でアマゾンを訪れる啓蒙家と同じ。余計なお世話。ありがた迷惑。やはり、後は下山して通報するほかないだろう。本人が求めていないのだから――。山田はここから立ち去る正当な理由を探していた。しかし、どれだけ理屈をこねくり回しても、山田の中の何かが、ここから立ち去ることを拒否していた。

山田はふと思い立ち、バックパックのポケットから菓子の袋を取り出した。その中には熊をかたどった色とりどりのグミが入っていた。硬くて噛みごたえがあることと、鮮やかな発色にもかかわらず合成着色料が使用されていないのが山田のお気に入りで、他に菓子をほとんど食べない山田にとってはとりわけ特別な存在だった。受験勉強の時には机にいつもこれがあったし、幼少期にまで遡れば、山田が癇癪を起こした際の鎮静剤として母が携行していたのを朧げながら記憶している。山田は掌に五つか六つバラバラと取り出し、少年に差し出す。少年はその宝石のような煌めきに不意に視線を奪われる。山田はすかさず一つを自分の口に放り込み、大仰に噛み締め、「うまい美味い」と言って掌をずいと差し出す。すると少年は山田の掌からゆっくりとグミを摘み上げ、恐る恐る口へと運ぶ。ぎゅっぎゅっと噛み締める。目がないからか、表情が汲み取れない。しかしごくりと飲み込むと、またゆっくり山田の手からグミを一粒取り上げ口へと運んだ。

山田は白湯を作り、グミと同様まずは自分が飲んで見せ、続いて少年にもカップを差し出した。少年はゆっくりとそれを口に含み、カップの中身を飲み干した。

「寒い？」

問いかけてみるも、少年は答える素振りを見せない。頃合いを見計らい、山田は少年の服に手をかける。体は強張ったままだが、なされるがまま少年は服を剝ぎ取られた。山田は鍋に残った湯で手拭いを湿らしその体をゆっくりと拭っていった。体表が温まり、小さな体が溶けるように弛緩するのが伝わってくる。全身を拭き終えると、就寝用に使っている羊毛のＴシャツとタイツを少年に着せた。

「さて、どうしよう」

「………」

「やっぱり喋れないか」

少年は言葉を発さないのだった。あるいは耳が聞こえないのかもしれない。ただ座して、山田の次の出方を窺うようにじっと見つめている。

「一緒に甲武信小屋に行こう。あそこは小屋番さんがいるから、温かいご飯も布団もある。運が良ければ薪ストーブに火が入っているかもしれない。今から急げば、夕食には間に合うはずだから」

伝わっていないとわかっていても、伝えようとしたという痕跡が山田の行為を正当化してくれる気がしていた。こんなに奇妙な存在と長く一緒にはいられない。早いところ誰かに引き渡して、自分は元のまともな世界に戻らなければならない。

山田は立ち上がり、バックパックを背負い直して少年に手を差し出した。少年はその手をきょとんと見つめるだけで、意図を受け取らない。山田は少年の手を握り、引き上げるように立ち上がらせた。

☆

源頭を離れて間も無く、山田は少年を連れて山中を歩くことの困難さを思い知らされていた。少年は山田の五メートルほど後をついてくるようにはなっていた。しかし色鮮やかな花を見つければ間近に見つめ、嗅ぎ、千切り、すり潰し、指紋の間に入り込んだ花のペーストを舐めたし、岩の間を這う虫を見つけてもやはり同じなのだった。一〇メートル進むにも一〇分は要する始末だ。黒々とした雲からぼたりぼたり大きな雨粒が溢れ始めると、少年はまるで飴玉を投げ与えられたかのように、一つでも多く受けようと右に左によたよたよろめくのである。今日中に甲武信小屋まで辿り着けないことは明白だった。とにかく雨を凌げる場所に身を寄せる必要がある。山田は考えた。体が濡れてしまう前にこの近辺でテントを張ってビバークするべきか。しかし、今回持参したテントは正確に一人用で、新入りは子供の体格と言えど二人を収容することはできない。ここから甲武信小屋までのルートはおおむね稜線上につけられているから、雨風を凌げる場所は少ない――。雁峠小屋まで行こう、と山田は決めた。今日二度も横目に通り過ぎた、廃墟と化した山小屋。朽ちていても屋根は健在だったように記憶している。

二人分の雨具はないし、眠る時に暖かさを保証してくれていた羊毛の上下は今少年が剝き出しで着用している。急がないと夜には二人とも低体温症になりかねない――数分前から齧り付くようにキノコを検分していたはずの少年を振り返ると、なぜかその姿がなくなっていた。最初からそこに少年などいなかったかのように、跡形もなく消えている。また幻覚を見ていたのか、或いは神隠しか。だったらいいのに、と思った時、尾根道の傍から崖下へと続くコメツガの森の中で、ギャーンという鳥の鳴き声と激しい羽音が響き渡った。少年だと山田は直感した。目にした鳥を追いかけたのだろう。山田は飛び込むように斜面の森へ分け入り、音のした方向を目指した。するとまたさらに遠くから鳥の鳴き声と羽音が聞こえる。少年はまだ鳥を追っているらしい。焦りと苛立ちが山田の中で沸騰する。

「そこから動くなよ!」

伝わらないだろうとは知りつつもそう叫ぶ。密集した藪の中を縦横無尽に蔓性植物が絡み合う斜面では、素早く移動することは不可能だ。しかも視界が利かず、少年の所在は音に頼るしかない。自分が動いている間中、木々と擦れる音や枝葉を踏む音がうるさくて周辺の音が聞こえない。動いては止まり、耳を欹《そばだ》てて方向を探り、見当をつけていくらか歩みを進めたらまた立ち止まり、呼吸を鎮めて耳を澄ませる。山田の苛立ちはピークに達しようとしていた。一体あの少年は何がしたいのだろう。ただ大人しく道を歩きさえすれば安全な場所に辿り着けるというのに、どうしてこんなにも無軌道に動き回るのだろう。自分のために他人が懸命に動いているということが理解できないのだろうか。いや、そんなことは望むべくもないだろう。考えるのに必要な脳を持ち合わせていないに違いない。道を外れると土や草の匂いが格段に高い密度で鼻に飛び込んでくる。棘を持った植物がズボンの裾を引き止め、押し退けた若い枝が跳ね返っては顔を打つ。「なんなんだよクソ。クソクソ。クソだなまったく。クソすぎる」。荒い呼吸に乗って呪詛が吐き出される。

　遠くに蹲る少年の姿を見つけたとき、怒髪天を衝いていた山田は溜め込んだ叱責の言葉のうちのどれをぶつけてやろうかと思案した。しかし少年がひどい怪我を負っているのを見てとると、山田の怒りは行き場を失った。少年は左の頬から耳にかけて一直線の裂傷を負い、大量の血を流していた。きっと夢中で鳥を追ううちに転び、枝か何かに顔から突っ込んだのだろう。山田は苛立ちを伝えるように大きくため息をつき、この山行のために用意したファーストエイドキットを取り出した。まさか他人の、それもこんなにわけのわからない子供のために使うことになるとは。山田は嫌がる少年を押さえつけるように抱えながら消毒し、幾つもの絆創膏を使ってなんとか傷を塞いだ。そして荷を整え、改めて雁峠小屋を目指そうと立ち上がると、鬱蒼とした森の中で自分がどこにいるのか皆目見当がつかないのだった。

「あーもう！」

山田は苛立ちに任せて叫ぶ。一発殴って自分の責任を解らせてやったほうがいいのではないだろうか。そう思って少年に顔を向けると、絆創膏だらけの顔がこれまで見せたことのない表情を浮かべてこちらを見ている。穴だけの目の少し上についている眉がハの字に垂れて、なんだか申し訳なさそうだ。

「まぁ、この斜面を上がり切ればいずれにしても尾根道には戻れるだろうから」

山田は妙な居心地の悪さを感じて、自分を落ち着かせるようにそう言った。

しかし容易でない状況にあることには変わりなかった。確かに斜面を上がり切れれば稜線の道に復帰できるだろう。しかし、その一帯には人の背丈ほどの低木が絡みつくように密生し、濡れ始めた地面はずるずると滑る。そのうえ少年の存在があった。一人ならまだしも、目を離したらどこへ行くかしれない動物のような（そう、正月に突然預けられた他所の犬のような！）子供を連れてここを行くのは至難の業だった。

もう傷のことなど忘れたのか、ぬるぬると滑る蚯蚓を拾い上げようと苦戦している少年を眺め、山田は考えた。一つ一つ、慎重に進めなければならない。どれか一つでも間違えたら今度こそ取り返しがつかなくなりかねない。まずはルートの確保だ。自分一人で登山道までの復帰ルートを探し出し、それから少年を連れてそのルートで斜面を上がる。しかし、一人でルート確保に行こうにも、少年から目を離しておくことができない。またどこかへ姿を消されたらもうお手上げだ。山田はバックパックを下ろし、使えそうなものを探した。盗難防止の発信機でもあれば少年に渡しておきたいところだが、こんな事態を想定しているわけもないから持っていない。バックパックの奥で手が何かの束に触れた。それは細引と言われる、登山で使う直径五ミリメートルのロープだった。「洗濯物を干したり、切れた靴紐の代わりに使ったりなど持っておくと何かと便利」と、登山系YouTubeチャンネルで見たままバックパックに放り込んでいたのだ。これだ、と山田は思った。山田は細引を手に少年に近づき、その腰に固く結びつけた。少年は嫌がる様子も疑問に思う様子もなく、半分に千切られた蚯蚓をぐりぐりと石ですり潰している。山田は細引のもう一方を、手近な木の幹にもやい結びでくくりつけた。このもやい結びも「この結び方だけ覚えておけばなんとかなる」とYouTubeで紹介されていたものだった。そして山田は思いつき、首から下げていた笛を少年の視界に差し出した。遭難したとき、自分の居場所を救助隊に伝えるためのものだ（言わずもがな、これもYouTubeで勧められていた）。少年は鈍く銀色に輝くチタン製の小さな筒に目を奪われた。山田は自らそれを口に咥え、ピー！ と吹く。それからピッピピッピッピ、ピピピピピー！ と少しリズムをつけて鳴らすと、少年はひったくるように笛を取り、自ら咥えてス――ッと息を吹き込んだ。慣れると忘れてしまうものだが、笛を吹くのにもコツがいる。山田は少年を勇気づけるように目（穴）を見て頷く。その調子だよ。一生懸命吹けば音は出る。少年はフーフーと息を吹き込み続ける。すると時折ピッと微かな音が出る。蚯蚓のペーストが付着した石を右手に持ったまま、少年は笛にすっかり心奪われていた。

笛の音は少しずつ大きくなっている。この音を頼れば少年の居場所がわからなくなることもない。山田は細引をくくりつけた木の根元にバックパックを置き、復帰ルートの割り出しにかかった。

深呼吸を一つ。斜面を見上げる。木の葉のフィルターを通り抜けた滴が不規則に顔を打つ。尾根まで何メートルあるだろう。鬱蒼とした茂みの中では一〇メートル先も見通せない。夢中で右に左に駆け下ったばかりに、それが五〇メートルなのか、三〇〇メートルなのかもわからない。いずれにせよ、直登できる角度ではないから、斜面を横に進みながら少しずつ標高を上げる必要がある。

笛の響きはまた一段と大きくなっている。飲み込みが早い。

山田は斜面に取り付いた。獣の歩いた跡があればそれを使い、藪の切れ目があればそこを通り、越えられない段差に阻まれれば戻り、下草を執拗に踏みつけここが自分達の道であると山に覚えこませた。サバイバル番組でよく見るような、大型の山刀でもあればもっと楽だったのに、と山田は思った。あれでバッサバッサと邪魔な植物を打ち払って歩ければ。しかし、あれを持って山に入るのは銃刀法違反だろうか？　いや、正当な理由があれば許されるはずだ。キャンプでは鉈も斧も許されるわけだから。しかし正当な理由っていうのも曖昧だ。一般的に言って、普通の登山で山刀なんて必要ないわけだからだれも持ち歩いていないだろう。しかしながら、事実こうして普通の登山に来たはずの人間が山刀の必要に迫られている。今後は山刀を持って山に入ることにしよう。職務質問を受けた際には、今日のこの瞬間のことを話せばきっと正当な理由として認定してもらえるに違いない。法律とはそういうものだ。

　掌にも脛にも小さな傷を無数に作り、目に染みるほどに汗をかき、藪漕ぎを始めて三〇分ほどで尾根に出た。斜面の下からは軽快な笛の音が止まることなく響いてくる。大した距離ではなかった。高さにして二〇メートルにも満たないだろう。しかし、たった二〇メートルでも道を外れればこれほどの不安をもたらし、事実その隔たりを進むのにはこれ程の時間と労力がかかるのだ。道というものの持つ意味が骨身に沁みる。自分の踏み跡を確かめながら斜面を降りると、少年の姿が目に入った。少年は跳ねるように踊っていた。ピッピピッピッピピッピピピ！　と咥えた笛を吹き、顔いっぱいに雨の滴をうけながら、楽しくて仕方がないというように舞っている。

山田はその姿の滑稽さに思わず吹き出した。こちらは大きな不安の中で四苦八苦しているというのに、あちらはまるで縁日の子供が祭囃子に合わせて櫓の周りを回るように、自分がくくりつけられた木の周囲をぐるぐる回ってピッピピッピッと踊っている。まあ、辛そうにされているよりはよっぽどマシか、と山田はまた思った。

木にくくりつけていた細引を解き、今度は自分の腹に縛り付ける。山田と少年は五メートルほどの間隔を空けて結ばれている。こうしておけばはぐれることはない。ピーピーうるさい笛を取り上げようとすると、少年はピ――！　といっそう大きな音で拒否を示した。熊避けにもなるからこのままでいいか、と笛は吹かせるままにして、山田は少年を引っ張るように斜面を上がっていった。

✡

日がとっぷり暮れ、疲れた鳥たちの鳴き声が途切れ途切れに聞こえだす頃、二人はようやく今にも倒れそうな雁峠小屋の軒先に辿り着いた。やはり少年を連れて歩くのは並大抵のことではなかった。尾根に上がってしばらくすると、少年の歩みはぴたりと止まった。道の真ん中に蹲り、スイッチが切れたように動きを止めたのだ。再び動き出すのを待つわけにはいかない。夜がすぐそこまで迫っていた。体が濡れたまま尾根の真ん中で朝を待つことはできない。山田は少年を抱え上げるようにして進むも、体力がもたずに数メートルで下ろしてしまう。当然だ。日頃トレーニングもしていない山田にとって、背のバックパックと合わせて三〇キログラムは超える重量を運ぶなど到底不可能なのだ。ここでもまた、山田はなすべきことを二つに分解した。まずはバックパックをここに置き、少年だけを小屋まで運ぶ。それから引き返して、バックパックを小屋まで運ぶ。気が遠くなるほど面倒だが、それ以外に方法が見当たらなかった。山田は道のど真ん中にバックパックを放置し（もし後続の登山者がいれば、その不可解な状況を案じバックパックを運んでくれるかもしれないと期待したのだ）、少年を抱えて小屋を目指した。序盤は二〇歩ごとで済んでいた休憩も、間も無く五歩ごとには少年を下ろさねばならなくなり、最後は半ば引きずるようにして小屋に至ったのであった。自分にくくりつけていた細引を小屋の柱に移して少年を繋ぎ、山田はバックパックを引き上げに向かった。気づかぬうちに雨は上がっていた。言わずもがな、他にこの道を歩く登山者は現れず、夕日の名残を受けてほのかに赤く染まるバックパックがぽつんと尾根に佇んでいた。

　小屋の中に入るのは諦めた。固く閉ざされたドアの割れ窓から中を覗くと、四人掛けのテーブルがぽつんとあるだけであとは空っぽだった。しかし、そこから見える線の全て、テーブルの天板の縦も横も、柱も梁も、壁の輪郭も奥の窓枠も、全てがひどく歪んでいた。ドアを開ければぎりぎりのバランスが失われて一息に崩れてしまいそうだった。山田は玄関の軒先にテントを張り、マットを敷いて少年を中へ入れた。自分は軒下にスペースを取り、雨具を着込んで湯を沸かす。食糧袋から今日の夕食を選ぶ。本当だったら今頃甲武信小屋の飯にありつけているはずだった。予定外の消費だ。とにかく早く甲武信小屋で助けを求めよう。そうすれば全て解決するはずだ。

　特に理由もなく選び出したフリーズドライのガーリックリゾットに湯を注ぐ。いかなる時でもニンニクの香りは喜ばしい。疲れ切った体に食欲を呼び戻してくれる。一口食べればチキンブイヨンのコクと、柔らかい米の甘みがしっとりと口に広がる。そして何より、その塩分が脳に直接快楽をもたらした。よほど疲れが来ていたのだ。ハフハフとリゾットを口に運んでいると、どこかから視線を感じる。少年だ。美味そうな匂いに反応したのだろう。テントの隙間から黒々とした穴の目がじっとこちらに向けられている。

「食べる？」

　と聞くが、もちろん伝わらない。

　まぁいいか、と山田は引き続きズルズルとリゾットを啜る。ちらりとテントの方を見る。少しだけ、少年がこちらに近づいている気がする。再び啜る。ちらりと見る。

もうテントの入り口から顔が飛び出ている。山田はスプーンに一掬いのリゾットを少年の鼻先に差し出す。少年はヒュッと一瞬顔を引っ込めるが、しばらくそのままにしているとゆっくり近づき、ひくひくと鼻を動かして匂いを嗅ぎ取り、パクリとスプーンを柄ごと咥えた。

ムフ――。

鼻から息が漏れる。目がないから、相変わらずいまいち感情が読み取れないが、きっと気に入ったのだろう。少年はテントからドタドタ這い出ると、山田の正面に座り込んで次の一掬いを待った。山田はスプーンいっぱいにリゾットを掬って少年に食べさせ、テントの中から寝袋を引き摺り出して少年の肩にかけた。気温はとっくに一桁にまで下がっている。飯で得た熱を逃さないようにしなければならない。瞬く間になくなったガーリックリゾットの空いたアルミパウチに、今度はインスタントの豚汁を入れて湯を注ぐ。こうすれば器を使わなくていいから洗い物の手間が減る。今思いついたアイディアだった。味噌の香りがニンニクの香りに混じって辺りに広がる。やっぱり味噌だよな、と山田は思う。少年が待ち切れないというように、パウチに手を伸ばしている。「まだ熱いから無理だよ」と言って遠ざけようとすると、もらえないと思ったのかさらに激しく手を伸ばす。

「わかったわかった」

山田はスプーンで豚汁を掬い上げる。冗談みたいに白い湯気がぼわりと立ち上がり、山田も少年も驚く。息を吹きかける必要もない。こうして夜風に当てればすぐに冷める。

スプーンを少年の口に運ぶ。まだ熱かったのか、少年は急いでごくりと飲み込むと少し身悶えする。すると胸からぶら下げていた笛を咥えてピ――ッー！　と吹いた。傷ついていない方の頬を赤らめて、ピ――！　ピ――！　と何度も吹く。そして再び豚汁を求めて手を差し出した。

ものすごく気に入ったようだった。

山田は自分も一口だけ食べると、残りを少年に渡した。少年はスプーンで掬うのでは物足りず、パウチから直接飲もうとする。しかし、傾けたパウチの形が崩れて中身が溢れた。せっかくの豚汁が胸元をぐっしょり濡らすと、少年は何が起こったのかわからないというふうに、パウチと山田を交互に見返した。

「ごめんごめん。やっぱり横着しないで器を使えばよかった」

山田は手拭いで胸元の豚汁を拭き取ると、少年をテントに戻そうとした。しかし、少年はなかなか動かない。

「外は寒いよ。中に入らないと」

もちろん少年には伝わらない。

「じゃあ俺がテント入っていい？」

そう言って山田がテントに入ろうとすると、今度は少年も入ってこようとする。けれど二人は入れない。

山田は仕方なく、テントの中に敷いていたマットを外に出し、その上に二人で並んで腰掛けた。ギシギシと五月蠅い小屋のドアに背をもたせかけ、寝袋を大きなマフラーのようにして二人で包まると案外暖かかった。

空を見上げると、小屋の軒と木の葉と雲との隙間に、ほんの少しだけ星が瞬いて見えた。少年も山田の真似をして見上げているが、果たして見えているのか見えていないのか、山田には知る由もなかった。

✡

山田は夢を見ていた。

住宅街を見下ろす高台から続く、身震いするほど長い階段の中程に立った山田は太陽に焼かれている。地平線の少し上に居座る電熱線みたいに真っ赤な太陽に、頬をジリジリと焦がされているのだ。焼かれているのは山田の頬だけではない。ほとんどが二階建ての、概ね似たり寄ったりの屋根が整然と並ぶ街全体が、オーブントースターにすっぽり収まってしまったように、やはりジリジリと音を立てている。焦げた点のような二羽のカラスがカーカーと鳴きながら、赤い空を横切っていく。そこは東京都町田市の、そのはずれのベッドタウンだった。山田は崖下の玩具屋へ向かっていた。それはトロイの木馬といういささか不気味な名前の店で、マルイのモデルガンやタミヤのプラモデルなどを取り揃え、年端も行かない男児の欲望を掻き立てるには不足なかった。そうか、自分は今小学生なのだな、と山田は思った。その手には折り畳んだ千円札が固く握られている。

「絶対無くすなよ」

背後から声が聞こえる。貫太だ。

「無くさないよ」

山田はそれを一層強く握りしめる、汗滲む、夏。そうか、これは夏休みのある日の光景だ。町田市鶴川の祖父母の家に盆の挨拶に来たのだ。そして無事小遣いを手に入れたその足で、玩具を求めてこうして夕暮れ前に出かけた。

「日が暮れると戻れなくなるよ」

まだ幼い貫太の（本来山田は出会っていない、知らないはずの）声が後ろから聞こえる。

山田はその言葉に唐突な恐怖を感じる。なぜ日が暮れると戻れなくなるのかわからない。けれど「戻れなくなる」という響きがなぜだかすごく恐ろしい。さっきまでは書き割りのように空の底辺に張り付いていた太陽が、今ではニュルニュルと意地悪な早送りで地平線の向こうに姿を隠そうとしている。山田は三段飛ばしで階段を駆け下りる。着地の度に肺が潰れてクックックッと空気が押し出される。やたらと長い階段を下り切る。人出はない。陽炎に揺らぐ路地の先に団地が見える。その一階にポンとトロイの木馬が開店している。山田は飛び込む。

「急がないといけないんです」

店主にそう伝えると、その大柄な男はレジカウンターの奥からカプセルを取り出し「一〇五〇円」と吐き捨てるように言う。ガラス戸の外では陽がメリメリと音を立てて落ちていく。「足りません」と山田が掌中の千円札を突き出すと、店主は「じゃあこれだけだね」と言ってカプセルをパキリと割り開け、何やら魅力的なように感じる中身を傍へ置き、その透明な殻だけを山田に差し出す。

「千円」

山田は紙幣を店主に渡し、店主は山田に空のカプセルを渡す。山田はそれを摑み取ると店を駆け出る。しかし、太陽は寸刻前から地平線の向こうで別の街に朝をもたらしている。

「もう帰れないね」

貫太の声が後頭部にあたる。

その言葉を振り払うように山田は駆ける。

急いで丘の上の、祖父母の家に戻らなければならない。

残照に霞む住宅街を走る。アスファルトの路面が砂浜のように柔らかい。不思議なことだ。推力が吸収されてしまう。いや、恐怖で足に力が入っていないのだ。山田は走りながら、自分の太腿を拳で力一杯叩く。ジジジジ、カカンカンカンと鳴って街灯が点く。

——夜が来てしまった。

ようやく階段の上り口に辿り着く。その一段目に足をかけようとしたとき、背後から「ぎっ」という声にならない、しかし紛れもない声帯の振動が聞こえる。振り返ると、貫太は両腕をだらりと垂らし、わずかに宙に浮いている。そしてその頭は、黒々とした剛毛に覆われた手で鷲摑みにされている。

ゴリラだ。

ゴリラは貫太の背後から、山脈のように大きな右手で彼の小さな頭を摑み上げている。貫太のつま先は地上三〇センチメートルほどのところでふわふわ浮いて、時計の振り子みたいにゆったりと揺れている。

「大丈夫？」

山田は口元でモゴモゴと呟く。

叫びたいと思ったが肺が十分に膨らまない。
貫太は「ほらね」と不思議なほど穏やかな表情で口を動かす。
耳慣れない音が辺りに響いていることに山田は気づく。
ピキ、ピキピキピキ、パキ
その音はゴリラの手元から発せられている。もちろんそれは、貫太の頭から鳴っているのと同義である。
「戻れなくなっちゃったじゃん」
と言う貫太の鼻からピンク色の透き通った液体が流れ出る。
ピキピキ、ピキピキ
耳からツーッと同様の液体が流れ落ちると、目頭からも薄いピンクの泡が沸々と湧き出す。
パキパキパキ
その音はもはや疑いの余地なく、ゴリラが貫太の頭を握りつぶしている音だった。
ジュル、ピキパキ
頭骨がまるで煎餅か何かのように割れている。ああ、そう言えばゴリラの握力は五〇〇キログラムだってテレビで言っていたな、と山田は思う。貫太の目はピンクの液体を噴き出す赤黒い穴になってしまった。頭はゴリラの手の形に沿うように変形し、その指の隙間からはピンクの液体に混じって豆腐状のものが溢れ出ている。ゴリラの表情は怒っているわけでも楽しんでいるわけでもなく、ただ興味本位で目の前の動体を手にしてみたというような風情だ。

なんということだろう。自分がただ玩具を欲しがったばかりに、貫太が死んでしまう。山田は自分の手に握られているものを改めて見つめる。それは半分が青く半分が透明の、質量のないプラスチックの球。自分はこんなものが欲しかったのだろうか。こんなもののために友人の命を犠牲にしてしまうのだろうか。ごめんなさい。ほんとうにごめんなさい——。山田は激しい後悔に囚われる。山田はそのカプセルを握り潰す。パンッと大きな音が鳴る。すると背後に息遣いを感じる。振り返ろうとすると、なぜだか足が宙に浮いてどうにもならない。不気味なパキパキという音がさっきよりも近くで、くぐもって聞こえた。そして目の前には、こちらを不安そうに見つめる貫太の姿。

ゴキボキ

自分の頭から音が聞こえる。ゴリラに摑まれているのは山田だった。入れ替わったのだ。山田はその手から逃れようと、ズッキーニのように太いゴリラの指に手をかける。しかし、その黒々とした指は木の根のように固く山田の頭骨にめり込み、いささかも外れる気配がない。爪を突き立てようと試みても、磨き上げられた黒檀のように鈍く光る皮膚にはなんらの物理的変化も及ぼさない。鼻から髄液が流れ出す。仄かな焦げ臭さが鼻腔にこびりつく。不思議と痛みは感じない。このまま自分は死ぬのだろうという茫洋とした恐怖がじんわり体の中で膨張していく。同時に、友人を犠牲にする罪悪感から解放された安心感もまた、恐怖と体内空間を分かち合うようにして膨れ上がっていく。山田は脱力し、成り行きに身を任せようと思う。とそのとき、ゴリラの手とは違った何かが、自分をひどく攻撃しているような感覚に襲われる。

貫太の視線。

こちらを憐れむような貫太の視線が心をざわつかせた。違う。自分は憐れまれる存在ではない。少なくとも、憐れまれたまま死んでいくわけにはいかない。憐れな存在、憐れな死。その響きのなんと恐ろしいことか。貫太のその視線さえなければ、自分は穏やかに死んでいくことができるのに。お前がそんな目を向けるから、俺は憐れにならざるを得ない。痛みや悲しみよりも、或いは大きな罪悪感に苛まれるよりもずっと、憐れまれることこそが恐ろしい。こっちを見ないでくれ。ああ、どうして入れ替わってしまったのだろう。嫌だ。イヤだイヤだイヤだ。小学生の山田はゴリラに吊るされながら駄々をこねる。暴れれば暴れるほど、頭骨はペキペキと音を立てて割れていく。イヤだイヤだ。玩具屋になんて行こうとしなければよかったんだ——。

「お前はあのとき、貫太を憐れんではいなかったか？」

妙にくぐもった誰かの声が聞こえる。

ズルンという感覚の後、山田は冷房の効いた部屋でビー玉を掲げている自分を認識する。窓の外ではまだ太陽がギラギラと庭の下草を炙っている。出発前に戻ったのだ。そうだ、これは夢だ、と山田は思う。であるならば、自分の思い通りにことを運ぶことができる。手に持っているのは黒に近い濃紺のガラス玉で、中に微細な気泡が収まっている。山田はそれを安楽椅子に座る祖父の目の前に差し出すようにして「見える？」と問いかける。祖父はブレーキを失ったように長く伸びた眉毛をひくひくと震わせてビー玉を覗き込むが、彼にはビー玉それ自体しか見えていない。母親と祖母とがリビングで見ているテレビのスピーカーから、作られた聴衆の笑い声が一定の間隔を空けて聞こえてくる。

「宇宙、見えない？」

山田はビー玉を室内灯に透かすようにして上に掲げる。ほら、中に星がたくさんあるでしょう。だからこれは宇宙なんだよ。それで、この中に地球もあるの。で、その地球にも何億人て住んでるんだよ。山田少年はビー玉を覗き込み、その中に広がる無限の可能性に思いを馳せる——その姿を祖父に見せる。山田は実際のところ、その中に宇宙があるなどとは思っていない。それは人間が作り出したただのガラスの玉であり、中の気泡はもちろん星などではなく、製造業者が意図的に入れ込んだか、或いは誤って混入させてしまったものに過ぎないということを理解している。しかし山田がなぜそんな様を演じるのかと言えば、偏《ひとえ》に観客のためであった。観客とは目の前の祖父のことであり、リビングでテレビを見ながら耳だけこちらに向けている母と祖母のことでもある。数分前、従兄弟にもらったビー玉を、どのように悦べば周囲の人間たちが満足するか、その課題に対する答えが「ビー玉の中の宇宙」であった。それだけのことだった。案の定、祖父は山田の幼気《いたいけ》で底なしの想像力を大いに賞賛し、その光景を耳で感じる母と祖母も軽薄に安心し、夕食の席でも瘧《おこり》がついたように引き続きビー玉を握りしめてその執着心を誇示しさえすれば、今は友人と遊びに出てしまった従兄弟も自分の贈与に十分満足するだろう。その証左に、祖父はにわかに安楽椅子から腰を上げると、戸棚の中の封筒から千円札を取り出し「好きなおもちゃでも買っておいで」と山田に手渡すのだった。山田は喜び勇んで祖父母の家を飛び出す。玄関をくぐり、柿の木が一本だけ植えられた中庭を抜け、アルミで組まれた門をくぐって道路に出る。家は急な坂の途中に建てられていて、左は深い谷に続いている。その谷底には調布市まで続く鶴川街道が真光寺川に沿うように走っており、確かその付近のユニクロの奥に白洲次郎の武相荘があった。家を出て右手の坂を上がると程なくして丘の上の雑木林に至る。毎夏ここの地面から沸騰するように蝉が這い出し、聞いているだけで汗が出るような鳴き声が始終響いている。この緑地の向こうの下り坂に、あの階段がある。山田は雑木林を迂回して反対側を目指す。途中、住宅街に不自然に立ち尽くす小僧寿しの看板に描かれた小僧が、お辞儀をしながら感情を失った目で語りかけてくる。

「また戻れなくなりますよ」

山田はそこではたと気づく。同じだ。同じ轍を踏もうとしている。手元に千円札。そして目の前には夕焼けに染まる街並みに下っていく長い長い階段。このままではまたゴリラに頭を潰されてしまう。まるでそれが宿命であるように。さらに山田の脳裏に疑問がよぎる。果たして自分は何を欲しがっているのだろうか。祖父から獲得した千円札をもって、自分は何を手に入れようとしているのだろうか。それがわからない。自分の本当の感情が迷子になってしまった。自分の欲望が、喜びが、どこにあるのかわからない。山田はこの閉ざされた夢から脱出する方法を考える。死ねばいい、と思いつく。夢の中では死ぬことができない。夢の中での死は、目覚めと同義だ。悪夢からは今までもそうやって抜け出してきた。元来、山田は夢を夢だと認識できるタイプの聡明な少年だった。

山田は階段の降り口から下を覗き込む。角度が緩いと飛んでも中途半端に着地してしまう。足を怪我するだけという結果は、この世界に永遠に閉ざされてしまうことに繋がりかねない。助走に必要な分だけ後ろへ下がり、陸上選手のイメージで肩の力を抜き、腕をだらりと垂らす。ぐいと踵を上げ、トンと下ろすと脹脛の筋肉がブルッと震えた。影絵のような赤と黒の街並みを、カラスがゆっくりと横切っていく。自分がその絵の中に含まれるイメージが固定される。あの階段の一段目から勢いよく踏み切れば、体は仰向けで宙に放り出されるだろう。そのまましばらく影絵の中を揺蕩《たゆた》えば、きっとどこかで穏やかな死が訪れる。それが解放の瞬間だ。

山田は走り始める。途端に地面が砂浜のような感触に変わり、足はズボズボとアスファルトの粒子をかき分けるばかり。まだ数メートルも進んでいないのに、太腿の筋肉に疲労が押し寄せ、誰かに押さえつけられるように動かない。顔を、腹を、腕を、足を、背後から伸びてきた黒い毛糸が捉え始める。それは周囲に立ち並ぶ電柱につながっている。電線を支えるのに飽きた電柱たちが、ゴリラがそうするのと同じように、目についた動物を弄んでいるのだ。山田の助走は亀のように遅い。アスファルトの分子は結束を緩め、すっかり黒い砂の沼となって山田の足を膝まで呑み込んでいる。毛糸とアスファルトとが山田を取り合っているようだ。口元を覆いそうな黒い毛糸を引きちぎろうとすると、それはドロリとタール状の物体となって手をすり抜ける。粘菌が捕食するようにその物体は口に滑り込み、気管に流れ込む。必死に空気を吸い込もうとすればするほど、ドロドロとしたもので肺が満たされていく。

と、世界のスイッチが切られたかのように視界が黒く潰れた。まだアスファルトに呑まれきったわけではないのに。視神経が遮断されたかのようだ。続いて意識がゆっくりと溺れていく感覚。音だけの世界。祖父の家の、ステンレス製の小さな湯船に頭まで浸かったときのようなあの音。ここここ。ご――ん。ご――ん。ここここ。自分の体が発する音。周囲の壁との衝突で発せられる音。こぷぷぷ。ど、ど、ど、ど――ど――。

山田は眩しさに目を覚ます。窓から射し込む朝日が顔にまっすぐ当たっている。ふんわりとした布団にくるまったまま窓に背を向ける。舞う塵を切り取るように、光の刃が部屋を貫いている。階下からドタドタと足音が聞こえてくる。両親だ。大きなベルがついた目覚まし時計は六時一五分を指している。満員電車を嫌う父親は早い時間に出勤する。毎朝付き合わされる母親は大変だなと思いながら、ばさりと掛け布団を放り起き上がる。ブワッと埃が舞い上がり、朝日はそれを鋭利に照らす。フローリングの冷たさが足の裏から頭蓋骨の内側に響く、冬。山田は足早に階段を下り、リビングの扉を開ける。テレビの中ではＮＨＫの男性キャスターが不器用そうにうなぎの稚魚の不足について説明している。テーブルでは父親が顔の高さに朝刊を広げて鮭の塩焼きを突いている。キッチンでは母親が味噌汁を火にかけている。鍋から上がる湯気がその顔を隠す。

「おはよう」

「おはよう」

「おはよう」

いつもの朝。

味噌汁が十分に温まると、母親はそれを三つの椀に注ぎ、テーブルに並べて自分も座った。

ずずず。父親がそれを啜ると母親が申し訳なさそうに弁解する。

「味、濃い？　昨日のだから煮詰まっちゃったかも」

「いや、大丈夫。ちょうどいい」

父親が抑揚のない声で応えると、山田も倣って椀に口をつける。

ずずず。

「うん、ちょうどいい」

母親は安心したというような表情を浮かべて、自分も啜る。

ずずず。

「でもやっぱりちょっと濃くない？」

すでにその件については意見が交換されたはずなのだが、父親はもう一度「いや、ちょうどいいよ」と平板に言い、山田も「美味しい」と言って塩鮭に箸を伸ばす。

「そーお？」と母親はいかにも心配そうに言って、再びずずずと汁を啜り「そうかなぁ」とこぼした。

問題のある家族ではなかった。それぞれがそれぞれの人生を、ある程度の納得感を持って過ごしていた。ただもしかしたら、それぞれが自分の「役割」のようなものを比較的強く意識していたと言えるかもしれない。

父親は食事を終えると分厚いウールのコートを着込んで家を出た。山田は時間をかけて朝食をとり、シャワーを浴びる。洗面器に溜めた湯に冷え切った足を浸しながら熱いシャワーを浴びるのがいつものやり方だった。浴室を出ると清潔なバスタオルが用意されている。母親は先回りして面倒を見てくれる。湯気が上がる体の水気を拭き取り、下着だけつけて洗面所に立つ。真っ白く曇った鏡が、氷の張った湖みたいだ。穴を開ける様にその中心を手の甲で拭うと、ニキビだらけの顔が映し出された。

ふ――――。

高校生の山田は深いため息をつく。

眉間と頬が特に酷い。真っ赤なニキビが場所を取り合う様に盛り上がり、古参のものは膿が溜まって頂上の色が白く抜け、中くらいのものは真っ赤で艶々としており、新参のものは角質の奥から皮膚を持ち上げる様になだらかな丘を形作っている。

これだけはどうにもならなかった。どんな洗顔料で洗っても、どんな薬を使っても治らなかった。山田はしばしば夢想した。例えばペン先が針になっているノック式ボールペンの様な形をしたニキビ潰し吸引器があったらいい。それは使い捨てで、ニキビに合わせていくつかのサイズが展開されている。潰したいニキビにその先端を押し当てる。ペン先を出す様に、親指で器具の尻のボタンを押すと針が飛び出る。針先はニキビの頭に穴を開ける。親指を離すと針先が元々収まっていた位置に戻るのと同時に、器具先端が真空状態となり、ニキビの膿が吸い出されるという仕組みだ。これを発明したらニキビも治るし金も儲かるし一石二鳥だ――。山田はそんなことを思いながら、茶色く着色されたニキビの治療クリームを眉間と頬に塗りたくる。凹凸は隠しようもないから、赤色を目立たなくするのが精一杯だった。満足いくだけ薬を塗ってから、白いワイシャツの上に真っ黒の詰め襟を着る。紺色の学生鞄をぶら下げ、ハルタのローファーを突っ掛けて家を出る。

「行ってきます」

「行ってらっしゃい」

山田は玉川上水沿いを歩いて駅へ向かう。山田は生まれてからずっとこの川に沿って成長してきた。玉川上水は江戸時代に多摩川から飲用水を市中に引くために掘られた上水道で、当初の役割を終えた今は、下水を処理した再生水が流されている。見た目には小ぶりな川といったところだ。山田が幼少期に経験した三度の引っ越しが全て玉川上水沿いでなされたのは、父親が執着に近い思いを持っていたからだ。父親が生まれたのもまた玉川上水沿いだった。山田は父親の人生をなぞるように、父親と同じ幼稚園、小学校、中学校を卒業した。確かに、四季を感じさせる通学路は美しかった。

護岸の木の葉を揺らす寒風に吹かれて顔を顰《しか》めると、眉間と頬が突っ張った。ニキビのクリームが乾燥して固まったのだろう。

　西武新宿線上りの通勤急行はいつも足が浮くほどぎゅう詰めだ。駅のホームに滑り込んでだんだん速度を落とす車両の中に、怒りや諦めを含んだ視線が交差しているのが見える。扉が開くと、ホームで列をなしている客にその視線が向けられる。「次の列車を待てよ」とそれは言っている。「一本逃してもお前の人生は変わらないだろう」と言っている。しかし待っている側も譲るわけにはいかない。向けられる視線に気づかぬような素振りを見せて、或いは手元の携帯電話に夢中であるかのように振る舞って、或いは「お前らももっと早い列車に乗るか遅い列車に乗るかすればよかったんだ」とでも言いたげな顔で先乗り客たちのわずかな隙間に、ぐいぐい体を滑り込ませる。山田は誰かを押すより押される方がマシだと思っていたから、列の先頭近くに並ぶようにしていた。先頭で列車に乗り込むと、後続の客が猛烈な勢いで背を押してくる。山田も先客を押す形にはなるが、少なくとも自分の意志で押しているのではなく、無配慮で自分本位な後ろの誰かに押されているのが連鎖しているだけであるから、罪悪感を抱く必要はない。小さくため息の一つでもつけば、自分もまた先客と同じく押されている被害者の仲間に入ることも可能だ。分が悪ければ列の一番後ろに並んでいた一人をスケープゴートにしてもいい。奴は言い逃れようもない自分の意志で赤の他人を押しに押しているのだ。倫理に悖《もと》る所業である。閉扉と同時に車内に充満する、最後尾の男に向けられる敵意に皆が安心する。生贄のおかげで今日も列車は進み続ける——そのようにして、山田は車両のちょうど中心あたりに収まる。ここで問題になるのは吊革の位置だった。左右に並んで設置されている吊革は、当然中心からは遠くなる。そのうえ極端な定員過剰の状況にあっては、足を肩幅に開くこともできないし、ときには四方から圧迫されて体がせり上がり、両足が床を離れることさえあった。山田は少し無理をしてでも吊革に掴まるようにしていた。

その閉鎖空間で事件は起こった。

踏切を通過する時、列車がガコンと揺れた。通勤急行はいつも決まってそのポイントで揺れるのだから、毎朝乗っている連中にとっては慣れたものだった。しかし、学ランを着た山田の右隣で苦しそうに圧迫されている女は違った。揺れと同時にバランスを崩し、吊革目掛けて勢いよく突き出した腕が山田の頬を掠った。どうにか指先が白い輪っかにかかったが、体重を支えることは叶わずズルリと外れた。かと言って腕が元あった空間は今やメガネを曇らせた中年男のでっぷり突き出た腹に奪われているから、帰路の無い片腕がひらひらと皆の目の高さで揺れている。その安っぽい、小さな毛玉が無数にひっついた黒いアクリル製のコートの袖に、泥のような汚れがついていた。汚いな、と思うのと同時に、山田の後頭部の少し横あたりの位置から「ちっ」と明瞭な舌打ちが聞こえてどきりとする。それは浮遊する腕の持ち主の女に違いなかった。かなり苛立っているな、よりによってそんな人と隣り合ってしまうなんて、痴漢だとか言われなければいいけど——

「なぁ」

明らかに独り言ではない声が、やはり腕の生え際から聞こえる。

「なぁ、お前に言ってんだよ」

山田はまさかと思いながら首をよじるようにしてそちらを振り向くと、紅潮した顔の女がキッとこちらを睨んでこう言った。

「お前顔に何塗ってんだよキモイなあ」

山田はそれで気づいた。女の袖に泥のように付着しているのはニキビのクリームだった。今朝、山田の頬に分厚く塗りつけられた茶色いクリームが、擦り取られて女の袖に移ったのだ。山田の顔がにわかに熱を持ち始める。恥ずかしい。

きっとクリームが剝げた頬には赤いニキビが顔を出しているだろう。それが恥ずかしい。そしてニキビを隠そうとしてクリームを塗りたくっていることが知られてしまった。それも恥ずかしい。しかし、本当に恐ろしいのはそれからだった。女が声を上げた次の瞬間から、四方八方を向いていた乗客たちの顔が一斉にこちらに向けられたのだ。山田という電磁石が不意に通電したように、周囲の人間たちの意識の方向がクッと山田に向けられた。そのとき、山田は自分が生贄にされたのだと知った。およそ非人道的な空間に閉じ込められた人間たちの負の感情の全ての源泉が、ニキビを隠そうと茶色のクリームを肌に塗ったくった男子学生に求められたのだ。この車両にいる客全員が自分のことを汚いと感じているに違いない。その射るような、蔑むような、責めるような視線に完全に包囲されてしまった。その視線が山田の存在意義を確定しようとしている。息苦しさを感じた。乗客の全員がこちらに顔を向けた結果、山田の周囲は吐き出される二酸化炭素で満たされ酸素が欠乏しつつある――事実はどうあれ、山田はそう思った。そう思い始めると不安は一気に増長した。少しでもたくさんの酸素を吸おうと口をぱくぱくさせるが息苦しさは変わらない。酸素と二酸化炭素の比重がわからない。首を折り曲げ、口を下に突き出してなるべく低い位置の空気を吸う。しかし苦しい。酸素は二酸化炭素より軽いのか？　逆に首を伸ばし、水面に口先を突き出そうとするようにしても体内の酸素は加速度的に失われていく。そしてこの状況から少なくとももう一〇分は逃れられないことに思い至ったとき、山田は猛烈な吐き気に襲われた。口元まで嘔吐物が出かかったところで世界はストンとその主電源を落としたように闇に呑まれた。

クリームを定期的に買ってきてくれていた母親の顔が闇の中に浮かんでいる。母もろとも穢らわしいと言われているようで、居た堪れない思いが胸を締めつける。

母。

いつも同じ、茶色いチノパンツを穿いていた母。

山田を連れてイトーヨーカドーに行くたび、婦人服売り場でズボンを試着した。しかし毎回、「ちょっと動きづらいか」とか「やっぱりまだ今のも穿けるか」などと言って買うのを躊躇った。二〇〇〇円もしないズボンを買えない程、経済的に困窮していたわけではない。母は倹約家の母という役割を全うしようとしたのだ。

小学生のとき、どうしても学校に行けなくなることがあった。ある日、担任の先生が家まで迎えに来ると聞かされた山田は、リビングの大きなテーブルの下に逃げ込んだ。そのとき母親は、山田をそこから引き摺り出そうとした。普段は穏やかだった母の、テーブルの下を覗き込む必死の形相を、山田は忘れられずにいる。山田は母に守られたかった。しかし母が選んだのは、この社会が求める母の役割を務めることだった。それが本当に大切なことだとは、山田には思えなかった。

ピピ、ピピピピピピピと近くで鳥が鳴いている。山田はゆっくり目を覚ます。あたりに漂う濃い霧に柔らかな光が溶け始めている。

雨は止み、夜が明けるのだ。

目の前に空っぽのテントが見える。ブルルルッと体が震えて、傍に落ちた寝袋を拾い上げて足元に被せる。どうしてテントが空で、自分は外で寝ているのだっけ――。

悴《かじか》んだ頭をゴシゴシと擦って起こす。

「あ、少年」

　思い出した。少年をテントに寝かし、自分は外で夜を越そうと思ったのだった。しかし少年はせっかくのテントから這い出て山田の側に寄り添ってきた。それでマットと寝袋をテントから引っ張り出し、二人で思いがけず星を見たのだった。そしていつの間にか山田は眠りに落ちていた。体力が一雫も残されていなかったのだ。そして今、少年の姿が見当たらなかった。山田は少年を探しに立ち上がる。その刺激で腸が動いたのだろう、腹が「ぐ――」と長い音を立てて鳴った。

　少年も腹が減っているに違いない、と山田は思った。昨夜は二人で一人分を分け合ったのだから、同様に空腹であるべきだ。山田は小屋の軒下から出て上を見る。未だ方向性の曖昧な光が動きのない木の葉を黒く模《かたど》っている。ビチャッと靴が泥濘《ぬかるみ》を踏んだ。夜露が溜まったのだろう。テントの周りにも泥濘が広がっている。昨夜は多少湿っている程度だったのに、今では歩くのも憚られるほどでこぼことして所々水が溜まっている。山田はその泥濘をじっと見つめる。何かを感じたのだ。そして、規則的な模様が浮き上がってくる。

　熊の足跡。

　そして山田は静かに吹き抜ける風の中に、明確な獣の臭いを感じ取った。

✡

気づかぬうちは全く捉え所のない、ジェラート状の泥濘に過ぎなかった。しかしそのうちにひとたび熊の足の形状を見出すと、その凹凸のほとんど全てに、縦横無尽に動き回る熊の痕跡を読み取ることができた。丸みを帯びたクリームパンのような掌から、研がれすぎた包丁のように鋭利な爪。それがヒタヒタと泥に押しつけられて、鈍く沈み、次の一歩へ向かって離れていく。その様が幻灯機で投影されるように霞んだ空間に浮かぶ。熊は眠る山田の周辺を幾度も嗅いで回ったに違いない。その臭いがこの場に残っている。或いはまだ近くにいる熊の臭いがここまで届いてくるのか。臭いは恐ろしい。距離も、方角も示してくれない。しかし、その臭いが届くほどに近いということだけが確定している——そして少年。少年はどこに消えたのだろう。山田はゆっくりと周囲を見渡し、気配に耳を澄ませる。山に入ってから一体何度こんなふうにしただろう。ひ弱な五感がいつも忌々しい。そして山田は北側の藪の中に、谷へと続く踏み跡が残されているのを見つけた。熊か、少年か、それとも両方か。

もう飽きた、と山田は思った。少年を探すのにはもううんざりしていた。このまま少年の存在を忘れてしまってはどうだろう。そもそも、あのときわざわざ引き返して源頭になど行かなければよかったのだ。そうすれば少年を発見することもなく、今頃甲武信小屋で朝の熱い味噌汁でも啜っていたに違いない。少年を発見しさえしなければ、山田の世界に少年は存在しなかったのだ。今からでも遅くはない。今日までのことは全て夢だったと思えばいい。東京に戻るころには忘れている。いや、忘れてはならない。このことを原稿に認めるのだ。こんな奇妙奇天烈な山旅になるだなんて、だれが想像するだろう。それにこれは現実に起こったことなのだ。

いやしかし――と山田は思う。現実に起こったことなのであれば、少年はやはり存在していたのだ。それに、ここで全て忘れて甲武信小屋を目指すというのでは原稿にしたときに格好がつかない。やはり少年を探さなければならない。探す姿勢だけでも見せなければならないだろう。

藪の入り口まで行こう。

山田は落とし所をそう決めた。この踏み跡を辿ることは、熊を追いかけることと限りなく等しい。しかし、少年の行き先を示す手がかりもまた、この踏み跡だけである。だから、小屋から一〇メートルほどの藪の入り口までこの踏み跡を辿ろう。視界が利かないその先は危険すぎる。熊と近距離で鉢合わせたら如何ともし難い。

山田はバックパックのサイドポケットから熊撃退スプレーを静かに抜き出す。冷えたスチール缶が掌を刺激する。プラスチックの誤発射防止パーツを引き抜く。右手でスプレー缶の頭を握り込み、親指をトリガーにかける。腕を前に突き出し、いつでも噴射できる状態でまずは一歩。体を取り巻く空気をなるべく掻き回さないよう、ゆっくりと足を差し出す。体の移動で押しやられた空気がその隣の空気を押しやり、その隣の空気をまた押しやって最後は熊の周囲の空気を動かすだろう。熊はその空気の揺らぎを感じ取るかもしれない。

　頭の位置が一歩分動くことによって、木の間隠れの景色が一変する。その隙間のひとつひとつに視線を置いていくように、急ぎすぎて見落としがないように丁寧に、それでも全速力で、熊か少年の存在を探る。もう一歩進む。右から左まで視線を走らせる。スプレー缶を握る掌に汗が滲む。もう一歩、もう一歩——獣臭が濃くなっている。明らかに、この先に熊がいる。しかし、視覚はまだその存在を捉えていない。いや、決定的に間違えているかもしれない、と山田は思う。この先にいるのは熊だけで、少年は熊から逃げるように小屋の裏へ逃げ込んだのかもしれない。まずはそちらを確認すべきだった。今からでも遅くないか？　いや、ここまで来たのであれば、その木立までは行って確認するべきだ。小屋に戻って、何も発見できなかった時、またここまで来るのは単にリスクを増大させる愚行だ。先へ進もう。

　山田は藪の入り口の木立の一本に触れた。ここまでだ。首を伸ばし、頭を突き出すようにしてその先に視線を走らせる。これで何もなければ諦めざるを得ない。ここで引き返したとして、誰が非難できるだろう。いよいよ獣の臭いが強まって、胃袋を押し上げてくるようだ。朝飯を食べていなくてよかった。山田はハッと後ろを振り返る。唐突に熊の「止め足」を思い出したのだ。それは熊が自分の足跡を正確に踏んで後退し、ある地点から跳躍することで追跡者を攪乱する習性のことだ。熊による食害事件をまとめた書物を読んだ時には、野生動物がそこまでの知恵を持っているということに驚愕したものだった。しかしあれは北海道のヒグマに観察される習性だったかもしれない、と山田は思った。ここにはヒグマはいない。いるのはツキノワグマだけだ。だから安心だ。

さあ、少年はいなかった。引き返そう——。

そうして山田は、ふり返りざまの視界の端に、何かを捉えた。恐る恐るその点を見据える。木々の間のさらに先に、周辺より土の色が黒々と湿って見える場所がある。その色は、薄茶色の風景の中では突然で、つまりそれは、周辺が静であるのに対し、その点だけは動の痕跡を感じさせるのである。じっくり射るように目視して感じ取れなかったのは、正しく盲点というやつか。山田はそこに動物の、つまり熊か少年の存在を明確に感じた。藪の中に踏み込むことはしないと心に決めていた。しかし、ここからさらに一〇メートルほど先の何らかの痕跡が、少年と関わる何かであるかもしれないという予見を拭い去ることはできなかった。それを確かめる必要があった。山田は賭博の沼にずるずると引き摺り込まれるように、ここまで来たのならもう少し、せっかくだからもう少し、と可能性の方向へ歩みを進める。

　それはそこだけ木々が生え損ねたように開けた円形の広場のようだった。取り囲む密な木々が風を防ぐ、テントを張るのに適した勾配のないその空間の中心に、直径二メートルほどの浅い窪みが黒々と掘られている。それは熊によって掘られたものに違いないと山田は確信した。

　そしてその中で、少年は眠っていたのだった。

　すやすやと、数メートル先からでもその眠りの穏やかさがわかるほどに。木漏れ日でも描き足せば、西洋の宗教画にしても十分堪えうる光景だ。そしてその空間には、それまでとは比較にならない強さの獣臭が充満していた。それが結界のようだと感じたのはあながち的外れでもなく、熊が縄張りを示すために木々に体を擦り付けたに違いなかった。踏み込むのは容易でなかった。明らかにそこは熊によって統治されていた。熊はどこかに隠れて山田が箱罠に入るのを待っているのかもしれなかった。ちょうど少年を餌のようにして。

　一刻も早くここから立ち去りたい。しかし少しだけ、様子を見守る必要がある。熊が罠を張っているのか。或いは間も無く何処かからここに戻ってこようとしているのか。それともここのことはすっかり忘れてどこか遠くへ去ったのか。呼吸を抑えようとすればするほど、息苦しさを感じて喉が引き攣ったような音を出す。もう一分待てば、どこか木の裏か或いは頭上のどこか（樹上の熊棚にいる熊に気づかず遭遇する例がことのほか多いと、熊の本には書いてあった）で熊がみじろぎその存在を察知できるかもしれない。或いはその一分の間に、出かけていた熊がこちらに近づいているかもしれない。どう行動すべきなのか、理屈で答えを出すことなどできなかった。山田は種々の可能性を能う限りの速度で検討したのち、ゆっくりと木の陰から身を乗り出した。単純なことに、その時間に耐えられなかったのだ。終わりの見えない状況に、人間は耐えられない。終わりの存在を信じることができて初めて人間は現在進行の苦痛に耐えることができる。だから山田は動いた。というよりも、動かざるを得なかった。それ以外の選択肢は、熊に遭遇する恐怖の中では除外された。山田は周囲に隈なく視線を配り、音を立てぬよう全身の筋力をブレーキ寄りに最大限活用して、一歩、また一歩と窪みに向かって進んでいった。黒い窪みに踏み入ると、獣の臭いに相克するように土の香りが立ち上った。そして手に持っていたスプレーをポケットに収め、眠る少年を静かに抱き上げる。改めて強烈な獣臭が山田の鼻に飛び込んだ。それは少年自体から発せられているかのようだ。熊はこの少年に一体何をしたのだろう。今度は熊に気取られないようにというよりも、その臭いを吸い込まないように呼吸を抑えながら、山田は静かに、宙に浮くような滑らかさでその円形空間を離れる。体内に充満した緊張が今にも爆発しそうで、それが爆発したら全身の力が抜けてしまいそうで、山田はとにかく自分に刺激が加わらないように細心の注意を払って歩を進めた。汗さえ出ることをやめたようだった。

　小屋へ辿り着くと、山田は寝ぼけ眼の少年を視界の端に確かに置いて、テントもマットも寝袋も、畳むことなくバックパックにぎゅうぎゅうと押し込んだ。テントに付着した土がバックパックに入ることも、この時はまるで気にならなかった。そして山田は少年を連れ、熊の気配が染みついた小屋を離れたのだった。

☆

　山田は再び少年と自分をロープで繋ぎ、引きずるようにして朝焼けの登山道を西へ歩いた。とにかく早くこの理解不能な存在を甲武信小屋まで運び、小屋番さんに状況の全てを委ねたい。そして自分は元居た当たり障りのない、真っ当な理屈によって統治された世界に戻るのだ。

　小屋から離れるにつれて、山田は自分の中に怒りの感情が湧き上がっていくのを止められないでいた。それはつい先刻まで自分を占有していた恐怖の感情が漸減するのに伴って体を満たしていくのだった。感情の制御室が怒りの湯で満たされつつあった。制御盤はショートし、操舵にあたっていた技術者は窒息と感電を恐れて持ち場を離れた。山田はもう、その怒りをどうすることもできなかった。昨日一度登りかけた雁峠の坂をどうにか登り切り、見通しの利く燕山山頂に至ったところでそれは発火した。疲れたそぶりもだるそうなそぶりも見せることなく、ただ頓狂な顔でここまでついてきた（或いは押されてきた）少年の両の肩を強く摑んだ。それは決して人間を摑むのに適した力加減ではなかった。

お前なんなんだよ。

山田の喉が声にならない声で震えた。
少年は山田の手を引き剝がそうとするが効果はない。山田は肩で大きく息をしながら、少年を正面から刺すように睨みつけ、ブツブツと口元で言った。

なんでわかんないんだよ。
お前のせいで俺も死にかけてんだよ。
お前なんなんだよ。
喋れよ。

どっか行っちまえよもう。

すると少年は首からぶら下げていた笛を口に咥え「ピ――――！」と吹いた。

それは鋭く、ものすごく大きな音で響いた。

山田はその音に驚き、笛を口からひったくるように握り込んだ。熊に気づかれると思ったのだ。周辺に獣の存在がないことを確認すると、山田はもう一度少年の顔を正面から見定めた。

少年は泣いていた。

目玉のない黒い穴ぼこのような目から、サラサラと涙が流れている。そしてその涙は頰の傷の固まっていた血を滲ませていた。

山田はハッとした。自分のしたことの意味を理解した。山田の体内で生産され蓄積された怒りが、肩を摑んだ手を通して少年の中に移っていた。そしてその怒りの成分は移動に伴って変化した。少年の体を満たしたものの化学式は、ちょうど恐怖と悲しみの間を示していた。

「ごめん」

と山田は言った。それは言葉に出す必要があった。

少年は少なからぬ涙を流して、放心したように立ち尽くしている。

山田はバックパックを下ろし、その中をなんとはなしに覗き込んだ。少年から顔を逸らしたかったからだった。山田は自分の振る舞いを悔いていた。冷静であることを放擲《ほうてき》して、自分のために少年を叱責したということを既に自覚していた。恥ずかしい、と思った。少年に顔を見られたくなかった。黒々とした穴の目で、こちらを見て欲しくなかった。山田は寸刻前、自分の中に発生してしまった怒りをどう処理すべきかわからなかった。だから目の前の、拒絶の術を知らない少年にそれを譲渡した。自分が抱えきれなくなったものを、自分より一層弱い存在のその心の空洞の部分に注ぎ込んだ。そしてそれは、恐怖や悲しみとなって少年を満たしてしまった。だから、恥ずべきことだった。

ぐ――っと大きな音で腹が鳴った。

こんな状態でも腹が減るのかと不思議な気持ちになった。

「飯にするか」

山田はバックパックに向かって言った。

「もう小屋からはだいぶ離れたから熊も大丈夫でしょ」

山田はほとんど独り言のように続ける。

「朝ごはん食べてないから腹減ったな」

チラリと少年を見やると、涙は止まっているようだったが、表情と言えるものは失われていた。

その姿が、テーブルの下に隠れる小学生の山田と重なる。

山田はぐしゃぐしゃに突っ込んでいたテントをバックパックから引き摺り出し、寝袋とマットを引き抜いた。アルコールストーブやアルコールボトル、ライターなど火器をまとめたナイロンのポーチを取り出し、下着などわずかな着替えの入った袋を取り出し、ファーストエイドキットを取り出した。しかし、食糧を詰めたジップロックだけが見当たらなかった。

山田は認め難い事実が明らかになるのを先延ばしにするために、バックパックの側面や背面に設けられたいくつかのポケットに手を突っ込み、中身をバサバサと取り出した。もちろんそんなところに食糧が収まっているわけはなかった。

小屋に置き去りにしてきたことは明白だった。

熊の気配から一刻も早く離れようとするあまり、注意が散漫になっていた。テントや寝袋をバックパックに収めたとき、バックパックはそれまで以上にパンパンで、更に何かを入れることはできなそうに見えたし、つまりその状態は荷の全てが収納されていることを想起させた。しかし事実は違った。正しく畳まれることなく詰め込まれたテントは水や土や空気を含み、通常より大きな体積を持っていた。だからきっと、昨晩食事をした時から足元にころりと放られていたであろう食糧の袋に気が付かなかったのだ。

山田はいよいよ本当に、冗談抜きで、自分が致命的な状況に置かれていることを悟った。

食糧を取りに戻ることはできなかった。ジップロックの口は固く閉ざしたつもりだが、匂いが漏れ出ている可能性は十分にある。そうでなくても、食事の際は常に傍に置いていたわけだから、袋自体に旨そうな匂いが、チキンや海苔や米の甘かったりしょっぱかったりする匂いが移っている可能性が大いにある。つまり、それはほとんど熊への献上物のように小屋の前に置かれているはずであって、それを取りに戻るとすれば、仮にそこにいるのが善良な熊であっても憤らせずにはいられないはずなのである。

全部面倒臭いな、と山田は思った。踏ん張り方がわからなくなりそうだった。だってもう、ぜんぜん、一つも思ったようにならない。心が立ち上がることを拒否していた。真っ直ぐ立つことが難しい気がした。或いはなぜ真っ直ぐ立たなければならないのかがわからなくなりつつあった。リセットボタンもないようなこの世界はかなりクソだなと思った。


もうちょっとまともな世界にしておけよバカ。

意地悪な医師は反省文を読んでくれただろうか。あれはリセットボタンだったのだと今ならわかる。受け取ってくれる人がいるのなら、この場で書いてもかまわない。書きたいことは山とある――。いや、とは言え不当だ。自分はそれなりに一生懸命生きてきたのだ。大学も出て、製薬会社のMRとして、真面目にここまでやってきた。そんな人間が、こんな目に遭っていいはずがない。だいいち理屈が通らない――。

山田はズボンのポケットをまさぐった。ビニールの包装の中に、小さな熊形のグミが三つ残されていた。

赤色と、緑色と、透明。

陽が射せばキラキラ光るはずなのに。金魚鉢の底に敷かれたガラスの石の割れ口みたいに。しかし分厚い雲を通過してきたうだつの上がらない光の中では、熊たちは鈍く重く項垂れ、表面はガサガサとしている。

赤の熊を口に含む。ぐっと力を入れて噛むと、唾液がドバッと湧き出る。腹が減ったな、と改めて思う。緑を口に入れようとしたところで少年の視線を感じた。全き無表情がこちらを向いている。何を思っているのか、その顔貌から気持ちや考えを読み取ることはできない。求めているのか、責めているのか、驚いているのか、わからない。少年は山田と同様に空腹なはずだった。山田は緑の熊を少年に差し出す。少年は顔に無を貼り付けたまま、熊を摘むと口に含んだ。口だけを動かして咀嚼する様は壊れた玩具みたいで、山田はなぜだか恐ろしい気がして目を逸らした。二人にとって最後の食糧となった透明な熊は、袋に戻してポケットに突っ込んだ。

苦しみだけの道のりだった。

燕山から甲武信小屋までは、一般登山者の足でおよそ六時間半かかる距離だ。山田が激昂してからというもの足の運びが一段と遅くなった少年を伴って歩けば、日暮れまでに到着することは不可能だろう。それでも山田は甲武信小屋を目指さなければならなかった。食べ物がないからだ。心理的な要因に先立って、食糧のない状態で山中を歩き続けることは不可能だった。甲武信小屋では食事が出るし、幾らか携行できる食糧を購入することもできるだろう。だから、食糧の袋を置き去りにしてしまった今、一刻も早く甲武信小屋を目指さなければならないという状況は、その逼迫の度合いを増していた。

燕山からは二〇〇〇メートルを超える険しい稜線歩きになった。不幸なことに、山田は左股関節に耐え難い痛みを抱えていた。痛みは明確なイメージを伴った。骨盤のざらついた窪みに、球状の大腿骨の先端が押しつけられるように擦られ、微かに骨が削られる、その痛み。骨と骨の間に目の粗い紙やすりを突っ込んだような、或いはカテーテルを通すように関節にぐるりとワイヤーソーを渡し、一歩ごとにズリズリとノコギリを引くような、痛み。股関節の摩擦を減らしたくて、トレッキングポールに可能な限りの体重を預けて歩く。起伏だらけの稜線では真っ直ぐにポールを突ける箇所が少なく、体を支えるのに多くの力が要される。食糧を失い幾分軽くなったはずの荷物にさえ、山田は圧伏されるような気持ちになった。

　予想した通り、山田と少年の足取りは遅々としていた。なんとか古礼山を越え、水晶山を越え、雁坂峠に着いたときにはもう日が大きく傾いていた。この峠が日本三大峠であるとか、その足下九〇〇メートルの地中を通るトンネルが山岳トンネルとして日本最長であるとか、そういったことは山田と塵ほども関係がなかった。腹を満たさず、痛みを消しもしない、概念に過ぎない諸々は、もう全く意味がなかった。地図を開き、ここまでの所要時間から甲武信小屋までの時間を計算する。

　ここからさらに八時間か、或いは一〇時間。

　現在時刻は一六時前。ほどなくして陽は落ち視界の利かない稜線歩きになることを考えると、小屋に着くのは夜中の三時か四時――山田はその到着の瞬間を夢想した。夜を住処とする動物たちの息遣いと、重い闇で満たされた稜線の道。尾根を越えていく風が体力を削り取っていく。不確かな足元を弱々しいヘッドライトの光で探りながら、一歩一歩足を差し出す。思考に圧力をかけて、心に無を満たす。そうでなければ不安で狂ってしまいそうだ。そしてある瞬間、落ちるように足元が平らになる。顔を上げると、丸いヘッドライトの光の中に、直線で構成された物体が現れる。人間の営みが凝縮された木造の箱。山田はそれに駆け寄り、壁に触れ、ドアを探り当てると時間のことなど構わず殴打する。すいません！　開けてください！　すいません！——すると小屋番さんは驚きと共に扉を開ける。早起きの山男であっても起床までにはまだ時間があったはずだ。直後、その表情は怒りに変わるだろう。無計画で高慢で不勉強な登山客だと判断するに違いないからだ。しかし山田は一向かまわない。怒る小屋番さんの胸に飛び込むようにして体を預けると、糸が切れたように緊張が解ける。その背後では、山田とロープで繋がれた少年が仁王立ちでこちらを見つめている——。

しかし、そのようにして二人が甲武信小屋に辿り着くことは、終ぞなかった。

✡

恐れていたことが起こったのは、見るだに禍々しい東破風山の山巓に立ったときだった。

そこはこれまでの山々と何から何まで異なっていた。不安を煽るように角張った黒々しい岩稜に、天から降って突き刺さったように立ち枯れて白骨化した木々。映画で「地獄」を表現しようとすればきっとこうなる、といった光景。そしてその向こうから、まるで山田と少年の到着を待っていたみたいに、真っ白い雲の塊が音もなく迫り上がってきたのだ。気づいたときには世界が一変していた。ロープの先で引っ張られるように歩いていた少年の姿が濃霧に溶けて見えなくなった。そして遠くで地鳴りのように響いていた雷が、安い舞台の音響演出のように一足飛びに接近してきたかと思うと、パン、パン、と今度は人の頬を張るような音を立ててビー玉大の雨粒が落ち始める。山田は急いでロープを手繰って少年を引き寄せ、バックパックの中から中綿の入った上着とレインジャケットを取り出しそれを着せた。それだけで膝下までのポンチョのような形になったので、山田はレインパンツだけを自分にあてがい、上にはシャツ一枚だけというチグハグな装いになった。間も無くバケツどころか二五メートルプールをひっくり返したような雨が二人を屈服させようとした。激しい川の流れに攫われるようだった。四方八方から打ち付けてくる雨は音となって全身を響かせた。地物《ちぶつ》の全てが逃げ場を失い悲鳴を上げている。耳で感じられる音などもはや残されていなかった。頭蓋骨はマレットで連打されるように響き続け、頬も肩も胸も背も百人に鞭で打たれるようにばちばちと鳴った。そして

――――――――――――。

何が起こったのかしばらく理解できずにいた。

気づけば岩の間にしゃがみ込み、目の前の岩肌を滝のように流れる雨水を見つめていた。

すぐ近くに、雷が落ちたのだった。

その衝撃は、人間が経験しうる限りで最大のものだったに違いない。或いは、車に轢かれるとか、ビルから飛び降りるとか、そういった、つまりそのまま生命の危機に直結するような衝撃を除いて。地球が土星の輪っかを畳んで束ねたくらい大きなハリセンで力一杯叩かれたように、山田を取り巻く全てが弾けて揺れたのだ。それは確かに鼓膜を震わせたが、鼓膜の振動が聴神経を伝って脳に届くより前に、脳が直接揺らされた。そして山田は一瞬にして見当識をすっかり失い、脱力して岩間に頽れたのだった。

周辺の状況に理解が及び始めると、ロープの先に手応えがなくなっていることに気がついた。手繰り寄せると、解けたロープの先端が虚しく山田の手に収まった。弱々しい結び目の跡が、掌で山田を責めるようにのたくっている。

なんか、結び目って濡れると解け難くなるんじゃなかったっけな、と山田は思った。そんなイメージがあった。雨に降られた後のスニーカーの紐って解き難くなかったっけ。ロープの素材によるのかもな。濡れると滑りやすくなるもんな。サンダルとか、すごい滑るもんな。

山田は少年がいた方へ戻ろうと、痛む股関節を庇うようにゆっくりと立ちあがった。そのとき、山田は川のようになった雨裂の岩に足を滑らせた。突いたトレッキングポールが岩の隙間に刺さり、体重がかかったところでパンッという破裂音と共に真っ二つに折れた。

捨て鉢な気持ちが、強かに打ち付けた尻から湧き上がるのを、山田はもう防ぎきれなくなっていた。折れた先端を岩間から引き抜き、左手に握ったままの残りを合わせてバックパックのサイドポケットに突っ込んだ。どうせ使い道もないのだから捨てていけばいいとも思った。重いゴミを運ぶ余裕なんてないはずだ。しかしこの時、山田は山を汚したくないと思った。それは諦念によるものだったのか、それとも一縷の救いを求めて山に請おうとしたためだったのか、自分でも判断がつかなかった。山田は少年を探した。耐え難い股関節の痛みに加え、トレッキングポールも失った今、まともな歩行は困難だった。一本だけになったポールはむしろ邪魔だということを間も無く悟り、山田はそれもバックパックに収納した。這うようにして、少年のいた場所を目指した。この時の感情がどのようなものだったか、山田は自分でも説明できない。助けなければ、という使命に駆られたのか、それとも寂しさ、のようなものに駆動されたのか、それもわからなかった。

少年は崖下へと転がり落ちていた。雷に驚いたのだろう。眼下一五メートルほどの茂みに抱えられるような状態で、なお下方へ向かって足掻いている。山田は水の流れに乗るようにして崖を滑り降りた。滑り降りたといってももちろんそれは滑り台ではないわけで、矢尻のように突き出た木の枝は脹脛の皮膚を裂き、丸く削られる機会を持たなかった岩が尻の骨を砕かんばかりに何度も突いた。滑り降りる以外に適切な表現が見あたらないというだけの話で、事実はもっと不恰好で、もしかしたら重力によって引き摺り下ろされるとした方が現実に近いかもしれない。いずれにしても、山田はいくつもの傷を作りながら、少年のもとに辿り着いた。恐怖と寒さでガタガタと震える少年は、山田の存在に気がつくとシャツの袖をぎゅっと摑んだ。

　しかし、もうどうしようもなかった。

　頼られたって、山田にはもうどうすることもできなかった。一度降りた崖を登り返すことなど不可能だった。二人に食糧は無く、山田は全身を濡らし、傷を負い、少年はひどく震えている。確かに寒かった。動きを止めると途端に寒さに縛られた。時間の問題だと、山田はもう理解していた。何らかの奇跡が起きない限り、例えば要請もしていない救助隊がやってくるだとか、地図にない山小屋が忽然と現れるだとか、衣類や食糧が詰まったバックパックが降ってくるだとか、そういう奇跡が起こらない限り、二人は低体温症に陥るだろう。真夏であろうと山で体を濡らしてはならないと、どんな山の指南書にも書いてある。生命維持に必要な熱は水と共に下へ流れ、気化熱として上へも消えていく。当然、その先に待っているのは死だ。喫緊の課題は雨から逃れることだった。体温の喪失を一刻も早く止めること。テントを張り、濡れた服を脱ぎ、寝袋に入ること。そして雨が上がれば——。

雨が上がったとして、一体何ができるだろう。尾根の登山道から外れた今、小屋を目指すには急斜面を無理やり横切るようにしてルートへの復帰を目指す以外ない。しかし、こんな状態の二人にそれが可能だとは到底思えない。

山田はただ震える少年の袖を摑み返すと、ゆっくりと坂を下り始めた。

その判断が正しいかどうかを検討することは意味がなかった。それ以外の選択肢がなかったのだ。今二人が立ち往生しているのは、崖と言っても差し支えない急峻な坂の途中である。テントなど張れるはずもない。ただ下方へ。何にも抗わず、流れ落ちる水と共に低きへ。可能な限り、ここではないどこかへ。

石楠花《シャクナゲ》の若枝が撓んでは跳ねるように頬を打つ。淡く美しい桃色の花弁も雨粒に打ち落とされて、淋しげに流れを下っていく。山田はそれを追うように、少年の手を引く。ほとんど転び続けるような格好で。ある時からは頭部だけを打たないように留意して、すなわち他の部分を犠牲にすることを厭わず下降を続けた。まずは肘が壊れた。転倒のたびに岩に打ち付け、気がつけばその先が痺れてまともに動かなくなっていた。それからまた転倒した際には、うまく動かない手を自らの背で踏みつけ、指のどれかが折れたような気がしたが、確認する気も起きなかった。確認したところで何ができるだろう。時折振り返ると、まぶかに被らせたフードのせいで表情は見えなかったが、口元から真っ白い息をぜえぜえと吐きながら少年がどうにか追従している。体重が軽い分、こういう下りは負担が少ないのかもしれない。

　山田は混濁しつつある意識の中で、自分はいつ死活の境を越えてしまったのだろうと考えた。置き去りにした食糧を取りに帰らなかったときだったただろうか。もっと遡って朝、見失った少年を探しに行ったときだったか。いやさらに前、昨日、異様に見えた富士山に心乱され引き返したときだったか、或いは、或いはもっと遡って――。

　そこまで考えたところで山田は体が宙に浮いたような気がした。次の瞬間、下から掘削機で背骨ごと脳髄を打たれたような衝撃に見舞われ、ついで口の中に鉄っぽい血の味が広がった。

　小さな崖から落ちたのだ。

　そこは比較的広い沢の岸辺だった。落ちる直前、無意識に手を離したのだろう、少年は落下を免れ、崖の上からこちらの様子を見下ろすように窺っている。

　多分、足が折れていた。左足の膝から下が、どうやら尻の下に変な角度で収まっている。出血は確認できないが、ドクドクと脈に合わせて痺れている。押し寄せるような強い吐き気も、骨が折れていることを示していた。製薬会社に勤める山田は、人より医学の知識を少し多く持っているのだ。だから、多分左足は折れているし、手の指もどれかが折れているし、カロリーを補充できなかった肉体はもはやエネルギーを使い尽くしていて、動くことも熱を出すこともできないということも、全部わかっていた。

寒くて仕方がなかった。沢には上流から冷たい風が吹き下ろしていた。増水した沢の水が、もうすぐ山田の足元を浚っていきそうだった。涙が溢れた。涙は少しだけ頬を温めた。大切な熱が涙で流れ出てしまうのが悲しくて、余計に涙が止まらなかった。

腹に何かが食い込むのを感じた。ぐいぐいと、何かが腰の辺りを締め付けている。

ロープだ。

少年の側が解けたロープを、腰に結えたままにしていた。それを今、誰かが引いている。山田は不自由な体を何とか後方に捻り、ロープの先を見た。どうやってか、沢辺まで降りてきた少年がそこに立っていた。そして自らの腰に、ロープを再び結びつけようと四苦八苦しているのだった。

もうそんなことしなくていいんだよ。

そう言いたかったが、山田の口はガタガタと震えるばかりでもう言葉を発することはできなかった。山田は少しずつロープを手繰り寄せた。少年はそれを追うようにして、山田の元へおずおずと近づいた。山田がその腰にそっと手を回すと、少年は膝を折り、ぐっしょりと濡れた山田の胸に顔を埋めた。山田はその頭をぎゅっと抱き込む。

温かかった。

もう、温かくって温かくって温かくって、本当に、宇宙みたいに冷え冷えとしたこの世界の中で、少年が太陽みたく温かくって、山田はおんおん声を出して泣いた。もう後悔しないくらいに、大きな声を出して泣いた。

ここに留まっていたら二人とも助からないに違いなかった。雨が続いて水位が上がれば逃げ場はなくなる。この深い谷底では、どれだけ耐え忍んでも助けの手は届かないだろう。食糧もない状態では、死が容赦無く迫ってくる。山田は少年を引き離し、沢の下流を指し示した。あっちに向かってひたすら歩くんだよ。限られた身振りでそう伝えた。少年は戸惑ったような表情を浮かべたが、しばらくすると理解したようだった。だいぶコミュニケーションが取れるようになったな、と山田は嬉しく思った。ふと思い出し、ズボンのポケットを探った。そこにはビニールに包まれた、最後の一粒が残されていた。

透明の熊形グミ。

少年は差し出されたそれを手に取ると、口に運ぶことなく掌にぐっと握り込んだ。そしてしばらく、ずぶ濡れで震える男の顔を見つめると、くるりと向きを変え、下流へ歩き去っていった。

沢辺に、山田はたった一人きりで座り込んでいた。

誰の目も届かない、完璧な一人だった。

テントを張り、寝袋に入るべきかとも思ったが足が動かなかったし、テントを張るためのトレッキングポールは折れていた。山田はバックパックに身を預けるように、ゴロンと仰向けになった。顔を打つ雨が強すぎて、目を瞑っても瞼をこじ開けて侵入した。すると不思議なことが起きた。気温が急速に上昇していくのだ。雨はまだ止まない。にもかかわらず、通り抜ける風はむしろぬるく、陽射しもないのに日光浴をしているかのようだ。少年の体温が、山田の体内に火を灯したのだろうか。山田はシャツのボタンを開け放った。すると籠っていた熱が抜けて心地好いではないか。山田は体を捩ってバックパックのショルダーベルトから抜け出すと、シャツを脱ぎ捨て半身を風に晒した。改めて仰向けに寝転ぶと、すぐに微睡みがやってきた。そして山田は、山に踏み入ってから経験したどれよりも気持ちの良い眠りに落ちていった。

✡

山の中で目を覚ますのは、これで何度目だろう。

温めた乳のように柔らかい風に頬を撫でられて、瞼を開いた。

雨は上がり、峡谷に月光が満ちている。

その光は、世界の輪郭を妙にくっきりと浮き上がらせていた。太陽のそれとは全く違う。頭上を覆うように迫り出した枝葉の細部から、沢の流心にでんと構える巨石の輪郭まで、やけに明瞭に見せている。手元では小石の一粒一粒が確かに独立しているし、穏やかさを取り戻した沢の水面で青白い光が塵のように舞っている。光の粒子が細かいのかもしれないと山田は思った。だから世界を細かく描写できるのだ。高精細のプリンターみたいなものだろう。山田はこの光をどこかで見たことがあった。

カーブミラーだ。

中学校に向かう道中。玉川上水沿いのアスファルトの路面に落ちる、楕円形のスポットライト。それはカーブミラーに反射した日光だった。あるとき山田は、その楕円の光の中だけ、アスファルトの凹凸が際立って見えることに気がついた。不思議に思い、道路にかがみ込んで路面に触れた。楕円の光の内と外。指先で感じるアスファルトに変わりはなかった。しかし、今度は自分の手の甲が違った。カーブミラーの光を受けた手は、現実感を大幅に失っていて、指の先まで別人に属しているかのようだった。夜も同じだった。街灯の光を受けたカーブミラーは、やはりアスファルトに丸い光を落としていた。その中に翳した手は、妙に柔らかいのにくっきりとした、不思議な姿を見せるのだった。

今、山田はそれと同種の光の中に居た。

きっと月がカーブミラーと同じ役割を果たしているのだろう。太陽光を反射して、砕けて細かくなった青白い光の粒子で地球をすっぽり包んでいる。

「確かに光は粒子ででもあります」

博士の声が聞こえるような気がした。

「光は振動であると同時に、粒子ででもあるのでです。電磁波と光子ででですね。細かな波長もあれば、細かな粒子もあるということでです」――博士の口調はこんなふうだっただろうか。それにしても、博士はどこに消えたのだろう。


時刻は夜の九時。山の常識から考えればとっくにテントを張って寝袋に包まっていなければならない時間だ。しかし眠気はすっかりどこかへ消えてしまっていたし、月明かりで十分に歩けそうだ。

移動しよう。

山田は徐《おもむろ》に立ち上がり、横たえていたバックパックを背負い上げた。

下流へ向かって歩けば、どこかで少年に追いつけるかもしれない。山田はゆっくりと歩き始める。少年の前に再び自分が現れたら、彼はどんな顔をするだろう。きっと驚くに違いない。そして心配さえするだろう。怪我は大丈夫かと――。そこで山田ははたと思い至る。足も、肘も、指も、どこも痛くないのだ。転がり落ちるように急坂を下り、最後は実際に小さな崖から落ちもしたのに、どこにも痛みがない。折れていると確信していた足も、何事もなかったように体を支えている。山田はそれを不思議だと思う以上に、怪我がなかったという事実に安堵した。あのとき、取り返しがつかないほど負傷してしまったという実感は、彼の心を見る間に弱らせたのだった。怪我がないとわかると、腹の底から力が湧き上がってくる気がした。なるほど、希望というのは熱と同じで肉体によって生産されるのだなと山田は知った。

　静かな沢辺を歩いた。サラサラと水の流れる音だけが左右の岸に反響している。時折通り過ぎる風はあまりにゆっくりで、木々の葉を揺らすことはあっても音を立てるほどではなかった。

　しばらく歩いたところで、右手の岸に踏み跡がつけられているのを見つけた。崖を無理やり斜めに上がろうとしたような強引さが、獣道ではないことを示していた。山の生物はもっと自然な、雨水が流れ落ちる筋のように過不足のない経路を選ぶ。登り口に足をかけると、それが古い登山道であることがすぐにわかった。おおむね土と草と木々の根に覆われているが、人為的な切り口を持つ朽ちた横木や平らに均された四角い石が所々で顔を覗かせている。それを見た山田は天にも昇るような心地になった。事実、この道は小屋という天国に自分を連れていってくれるに違いない。にわかに歩度が増した。間違いなく、この先に人間の営みがあるのだ。山田は駆けるように標高を上げた。そうしてかなりの時間が経ったはずだった。しかし、山田は疲労を感じなかった。空腹感もまた、どこかへ置き去りにしてきたようだった。急な山肌につけられた葛折りの古道を登りきると、見通しの良い稜線上に飛び出した。

見渡す限り、世界は隅々まで月光に洗われていた。深い山襞の奥、垢が溜まりそうな隙間にまで微細な光が流れ込んでいる。尾根は右にも左にも、ずっと続いて見えた。

少年の気配はなかった。彼はそもそもこの古い道に踏み入っただろうか。山田は自信が持てなかった。少年が道という存在自体をどう認識しているか、見当もつかない。これまで何度も少年は道を逸れた。山田は道を見つけた途端に、我を忘れたように駆けて上がった。しかし、少年はそうしなかったかもしれない。あのまま沢に沿って、今もまだ下流へと歩いているかもしれない。どこかで笛でも吹いてくれれば所在がわかるが、望むべくもないだろう。いずれにしても、山田は小屋へ行かねばならない。一本道のような稜線を、西へ歩き始めた。

あたりは雪降りのように静寂だった。

月明かりが音を吸収してしまったようだ。ここには沢の音も辿り着かない。茂みの葉も透明な樹脂で固められたようにぴたりと止まっている。自分の足音すら、ほとんど耳まで届いてこない。夜行性の動物たちも、月光の鋭さに怖気付いて隠れてしまった。自分以外の全ての存在が動くのをやめてしまったようだった。世界が眠り込んで、自分だけは目を覚ましていた。

山田は泳ぐように尾根を進んだ。

なんだか自分が二〇〇〇年以上前の、中国の我儘《わがまま》な皇帝になった気がした。

雨降りの夜、宮廷の山田はまんじりともせず、何時間も中庭の植え込みを眺めている。雨粒に打たれ震える葉の動きが止まると、今度は上階の窓から身を乗り出して空を見上げる。雨は上がり、軽くなった雲がゆっくりと動いている。その向こうに黄色い月が時折顔を覗かせる。山田は家来を呼びつけ、直ちに馬を用意させる。騎馬隊を率いて山田は駆ける。目指すは長城だ。その麓に着くと、山田は騎馬兵たちに指示をする。何人たりとも微動だにせず、一切の物音を立てず、ただ待つように――。そして山田は一人、月明かりの下、完全な静けさの中で長城に立つ。ゆっくりと西へ向かって歩き始める。音なき靴音を響かせて。

嶺《みね》伝いに歩く山田は、自分の心に灯った火の正体がわからずにいた。少年を胸に抱いた時、山田の中で確かに何かが発火した。けれど、それが具体的に何なのか、どういう仕組みで生じたものなのか、説明がつかなかった。しかしそれは今なお山田の芯を温めているし、それが何か、そこはかとなく懐かしさを含んでいて、そしてとても大切なものであるということだけが理解できた。心の灯火は、山田の来し方をぼんやりと照らし出そうとしていた。山田はどこかで道を誤ったかもしれないと思いながら生きてきた。それは今回の山行のことに限らない。生きてきた道のり全てに関わることだ。どこかで道を誤った、そんな恐怖に囚われることがあった。その疑念はいつも、自分の人生はこんなはずじゃなかった、という思いに流れ込んでいった。医師の意地の悪い言葉に翻弄され、会社と板挟みになり、誰のためにもならない仕事に時間と心をすり減らしている瞬間に、自分は何を間違ったのだろうと何度も思った。何か大切にしなければいけないことを大切にしなかった。その罰を受けているような、そんな気になることさえあった。山田は静寂の尾根を歩きながら、寄り道をするように人生の分岐点を一つ一つ見て回った。幼稚園に通っていた頃、先生に将来の夢は何かと聞かれ、周囲の園児たちに合わせるようにケーキ屋さんと答えた。後日、大人の字で書かれた自分の夢「ケーキ屋さん」を見て、とても悲しくなった。ケーキ屋さんになんて興味もなかった。ただ、然るべき夢なんて持ち合わせていないだけだった。中学校に入学し、初めての中間試験で思わぬ高得点をとった。それはとても嬉しかったけれど、自分以上に喜んだのは母親だった。山田はそれから母親に喜んでもらいたくて、勉強に励んだ。試験の前には徹夜も厭わなかった。それは大きなストレスになった。友人たちの遊びについていけないことが多かったし、サッカー部の試合に出られないこともあった。寝不足とストレスでニキビができて、そのことがストレスで眠れなくなり、やはりニキビができた。試験のない世界に暮らしたいと強く思った。それは存在に条件を要さない世界を求めることと同義だった。世界は父と母に役割を宛てがおうとしていた。それはときに、甘美な誘いでもあっただろう。しかし既にある存在に安定をもたらすはずの役割は、密やかに策謀する。存在の足もとを揺るがせ、立場の転覆を謀る。役割は、自らを存在の理由たらしめようとする。一度でも役割に取り込まれれば逃げ出すことは難しい。呪いとなってそれはどこまでも追いかけてくる。

だから両親は自分を連れて山に登ったのかもしれない――山田はそう思った。追ってくる役割を振り払いたくて、玉川上水を遡上するように奥多摩へ入ったのではないだろうか。そのときの恐怖と不安と、そして温もりを覚えている。

山田は決して両親を恨んではいなかった。しかし、何か呪いに似たものを二人から受けとってしまったような、そしてその分だけ、大切なものを受けとり損ねたような、そんな気がしていた。

稜線を歩く山田の脳裏に貫太の横顔が浮かんだ。

冬が間近に迫った肌寒い夕刻の、二人以外誰もいない中学校からの帰り道。貫太は学ランの中に赤いパーカーを着ていて、そのフードが詰め襟から窮屈そうに飛び出ている。山田は貫太の真似をして、灰色のパーカーを同じように着込んでいる。山田は貫太のことが好きだった。貫太はおしゃべりな方ではなかった。帰り道はいつも、山田がしゃべって貫太は耳を傾けていた。貫太は山田の言うことを滅多に否定しなかった。貫太はスキーのジャンプ台みたいにスッと通った鼻筋を揺らすようにして、いつも静かに頷いていた。

一度だけ、貫太が山田に怒りを示したことがあった。

その当時、同級生の間で万引きが流行っていた。皆がそれぞれ標的を選び、盗みの方法に悪知恵を絞り、戦利品を自慢しあっていた。山田は教室の隅でその話を聞いていて、自分ならもっと賢く安全に、大きな成果を得られると思った。そしてそれは、勉強ばかりの陰気な自分がクラスで目立てるチャンスだった。

貫太が怒ったのは、その日の下校の道中だった。

山田は興奮気味に話をした。駅から少し離れたドラッグストアでの犯行計画。監視カメラの位置と死角、売られている商品のサイズに対する単価の高さ、転売の容易さ、そして仮に見つかったとしても逃げ切れる可能性について――。捲し立てるように話し終えた山田に貫太は聞いた。

「それ本当にやろうとしてるの？」

山田は自分の鮮やかな犯行計画に酔ったまま「絶対捕まらないと思うんだよね」と返した。

「やっちゃダメだよ」

その言葉を聞いた時、山田は貫太の顔をその日初めて正面から見た。

貫太は今にも泣きそうな顔で怒っていた。

「山田はそんなことやっちゃダメだよ」

貫太は山田のことをじっと見つめてまた言った。

口の中に苦い味が広がった気がした。まあ、やんないけどね、と言って、同じ塾に通う女の子の話に話題を逸らした。

あのときの感情が、口の中に広がった苦さが、山田の中には長く忘れられずに残っていた。そして記憶はそれから何年も経った渋谷のカフェに飛ぶ。ブランドのロゴが胸元に大きくあしらわれたポロシャツを着た貫太と、その先輩が並んで座っている。貫太はしばらくちゃんと眠れていないのだろう、目の下には痣みたいな隈ができているし、肩には白い頭垢が点々と散っている。そして山田にいかがわしい商品の説明を始める。そこに同席している三人が三人とも、それがいかがわしい商品であると知っている。或いはカフェの店員でさえ気づいている。そこには犯罪性があり、買い手が不幸になるように設計されている。そして山田は言う。その商品は買わない。俺はババ抜きのババをすすんで取ろうとは思わない——。直後、貫太は自ら命を絶った。そして山田はそれによって負った自分の傷の方に焦点を当てて、被害者としての立場に逃げ込んだ。けれど本当は、あの時自分はどうすべきだったのか、ちゃんと考えるべきだったのだろうと今は思う。あの時、山田は正しい返事をした。そのことは疑うべくもなかった。犯罪の片棒を担ぐことにもなりかねなかったし、貫太の目を覚まさなければならなかった。まさしく友人として。しかし貫太は死んでしまった。さて問題。その正しさとは一体誰の、何のための正しさだったのか。或いは正しさなどというものに、いったい何の意味があったのか。貫太と山田、二人だけの世界があったとして、その世界の正しさとは何だったのか。そして正しさの名の下に、遡って青年期の友情の名の下に、山田は憐れみの目を貫太に向けていたとするならば、それこそが罪ではなかっただろうか。助けたいなどという欲望の成り立ちがそもそも、彼に呪いを振り向けることを含んでいたのではないだろうか。

　山田は歩き続ける。自分が遠い昔から加害者であった可能性から逃げるように歩き続ける。周囲を流れる景色と、空間を満たす月光が、体にまとわりついてくる罪の意識を洗い流してくれるのを期待する。

　父と母は今この瞬間、どこで何をしているだろうかと想像する。もう寝ているだろうか。東京郊外の大きすぎも小さすぎもしない一軒家の寝室で、寝息を立てている二人を想像する。

　会いたいな、と山田は思った。久しぶりに両親と会って話がしたかった。そしてあの、夜明け前の山中の、三人でぎゅうぎゅうになってしまう寝袋に潜り込みたい。あのときの、心が汗ばむほどの温もりが、いつの間にか失われてしまっていたのだ。

会いに行こう。下山したらその足で。中央線を途中で降りればすぐに実家だ。


東の山向こうから射し始めた朝日に背を押されて、山田はついに小屋へ着いた。夢にまで見た屋根と壁。人間の巣。しかし驚いたことに、その小屋は長く求めた甲武信小屋ではなかった。北に向いた急斜面を、敷地の分だけ水平に削ったような場所に建つその木造の箱。大きな看板には「金峯山小屋」とある。しかし、山田にとって差し当たりその小屋が何小屋であるかは問題ではなかった。それが小屋であることだけが重要だった。飛び出したら崖下に落ちてしまいそうな際どい場所に設けられた出入り口の扉を開ける。そこは土間で、幾らかのお土産と菓子類が陳列されていた。山田は当然ながらそれらに目を奪われたが、それよりもまず人間と話がしたかった。土間の先の引き戸に手を掛ける。

しかし、それは固く閉ざされていた。

山田は気が動転して、戸をガタガタと激しく揺さぶった。ガラスの向こうに、テーブルに置かれた保温ポットとインスタントコーヒーの瓶が見える。その右手には丸天板の炬燵と、本が詰められた書棚。左手奥には厨房。しかし、入れない。山田の頭にガラス戸を破る自分の姿が過ぎったとき、戸の張り紙に気がついた。

外出中。昼には戻ります。

小屋番さんの書き置きだった。
山田は冷静さを取り戻し、改めて土間に広げられた無人販売の小さな陳列棚を見た。紙製の筒に収められたコンソメ味のチップスターとコアラのマーチ。各二五〇円。山田は空腹だった。空腹を忘れてしまうほどに空腹だった。それらの値段は街で買うよりもだいぶ高く設定されていたが、構わなかった。金の価値など、目の前の小麦粉や芋や油や食塩に比べるまでもない。財布の小銭を使い切り、手に菓子を抱えたところでステンレスのクーラーボックスが目に入った。その銀色の蓋には切り抜いた段ボールが貼られていて、手書きでこうある。

おつかれサマですー！
クーラーボックスをあけて、さあのどをうるおそう!!!
DRINK!!
山行にうるおいを…

蠱惑的な言葉に誘われて恐る恐る手を掛ける。開いた蓋の隙間から、ぼわりと冷気が立ち上がる。中にはびっしりと冷えた飲み物が詰められていた。ミネラルウォーターに缶ビール。缶チューハイに、桃のジュースとりんごのジュース。山田はろくに思考することもできず、金額の計算なんて易々と放棄して、千円札を支払い箱に投じて桃のジュースをつかみ取った。

　崖を見下ろすように据えられたおもてのベンチに腰掛け、まずはポテトチップス。筒の蓋をスポンと開け、アルミの包装を引き出す。ギザギザの端を切り裂くように開けると、薄い黄金色をしたチップスがずらりと行儀よく並んでいる。喜ばしいほどぎゅうぎゅうに詰め込まれたその列の真ん中から、ごそっとひとまとめにチップスを抜き取る。目測八枚。山田はそれを大きく開けた口にねじ込むように挿し入れる。ザクザクザクザク。顎がチップスを砕く。それは瞬く間に唾液を含んで固いマッシュドポテトと化し、喉を詰まらせた。食後にと思っていた桃のジュースを急いで開けて、ポテトを押し流すように飲み下す。細くなっていた食道の許容できる幅を超えたのだろう、胸がじんじん痛んだ。あっという間にポテトチップスを食べ尽くし、コアラのマーチもすぐになくなった。山田は再び財布から千円札を抜き出すと、土間に入って支払い箱に投入した。それからクーラーボックスを開き、今度はりんごジュースをつかみ上げる。その場でタブを起こし、飲みながらまた外へ。ベンチに座る頃にはもう空になっていた。味は二の次だった。何だか自分が獣になったような気がした。

　飲み込んだものが全て足の裏から地面に落ちていってしまうような感じがして、一向に満足はできなかった。とはいえ理論上は満腹であるはずだったから、山田はひとまず食べるのをやめて、地図を見ることにした。自分の現在地を把握する必要があった。

　金峰山は甲武信ヶ岳よりかなり西に位置していた。どうやら山田は知らぬうちに甲武信ヶ岳を下方から巻き、国師ヶ岳も通り過ぎ、どこかで一気に高度を上げて、金峰山の北側にへばりつくように建てられた、標高二四二〇メートルのこの小屋に至ったようだった。ここからさらに西へ四時間歩けば瑞牆山荘に辿り着く。そこには舗装された車道が通っていて、山荘前からバスが出ているはずだ。旅の終わりが見えていた。

　再び腰を上げ、歩き進めることも不可能ではなかった。しかし山田はそうしなかった。一度緊張を失った体はすっかり腑抜けて、足腰はまるで踏ん張りがきかなかった。ベンチから立ち上がるのさえ苦労するほどだ。休息が必要だった。ガラス戸の向こうに見えたあの炬燵に潜り込んで、安心の下に体を投げ出すのだ。

　それにしても不思議だったのは、地図のどこを見ても歩いてきた尾根が見当たらなかったことだ。月夜に真っ直ぐ伸びた、どこまでも続いて見えた静かな嶺伝いの道がどこにあるのかわからなかった。それどころか、地図を持って小屋の周りを見て歩いたとき、自分がどの方角からここにやってきたのかがわからなくなっていた。万里の長城のような稜線は、まるであの夜にだけ現れたかのようだった。それは例えば、海中の道が引き潮のときだけ現れるのと同じようにして、月明かりの夜にだけ現れるのかもしれなかった。

✡

ヒタ、ヒタ、ヒタ、と柔らかい足音が聞こえて、小屋の裏からヌッと大男が現れた。足には地下足袋、背にはアルミパイプの背負子、腰には剣鉈。産毛のようにふんわりとした銀灰色の角刈りの下で、いかにも優しげな細い目がにっこり並んでいる。ベンチに腰掛ける山田の姿を見ると少し困ったような顔で、「お待たせしちゃいましたか？」と聞いた。

「すいませんね、朝から道の枝払いとゴミ拾いに出てしまって。ご予約はされてないですよね？」

山田は眉を寄せて、首を横に振った。

背の高い好好爺は、小屋番さんに違いなかった。

いかにも重そうな背負子を玄関の脇にごつんと下ろし、足袋の泥を払って戸を開けた。山田はその後ろ姿を注意深く観察した。願わくは飛びつきたかった。久方ぶりに人間と会えた喜びを爆発させて、こんなことがあったんだ、あんなことがあったんだと話して聞かせたかった。けれどまだ確信が持てなかった。この男が本当に、ちゃんと人間であるかが疑わしかった。顔の造形に妙なところはないか、おかしな話し方をしないか、漏れなく点検する必要があった。小屋番さんは二枚目の戸を開け中に入ると、ひょっこり戸口に顔を出し、ベンチに座ったまま動かない山田を不思議そうに見つめ、「このあとまた雨が降りますから、皆さんキャンセルでして。今日はお客さん一人です」と言った。

「夕食は一八時ですので、それまで自由にくつろいでくださいね」

そこまで言われてようやく重い腰を上げ、小屋番さんの後に続いて小屋に足を踏み入れた。そして敷居を跨いだ途端、逃げ場のない、もったりとしたニオイの渦に囲まれた。その余りの密度に平衡感覚が損なわれ、立っているのもやっとだった。人間の生活のニオイとしか言いようのないものだった。小屋の構造体である木の香りの中に、人間の脂と、種々の煙と、石油由来の刺激臭とが混ざった、人間の暮らしだけが発するニオイ。毒ガスが細胞を侵食していくようにゆっくり体内へ浸透しながら、それはしかし山田に深い安心感をもたらした。山田は長らく履きっぱなしだった靴を脱ぎ、小上がりに身を投げた。帽子を放り、シャツを引っぺがし、ズボンを脱いでＴシャツとタイツ姿になった。小屋番さんは奥の居室に入ったようだ。

山田は忍足で小上がりを下り、入り口のテーブルに向かった。そこに「無料コーヒー」があるのを確認していたのだ。しかし、テーブルに逆さに積まれた紙コップを手にしようとしたところ、「紙コップ二〇円」の表記を見つけてしまった。ほとんど全身タイツの山田は自分の姿の滑稽さに苦笑しながら小上がりに戻り、バックパックから自分のマグカップを取り出し再びテーブルへ。「無料コーヒー」のガラス瓶の蓋を開け、茶色い顆粒をカップに入れる。保温ポットから湯を注げば、香ばしい香りが鼻先をくすぐる。舌を焼くように熱いそれをズズと啜ると、それが苦味ばかりでほとんどカロリーを得られない液体であることに気づき、独特な贅沢さを味わっている気分になった。

昨晩の熱が微かに残った豆炭の炬燵に腹まで潜り込み、天井を見上げる。コーヒーで熱くなった喉を通過した息が、まだ冷たい空気の中で白く漂う。

小屋番さんが服を着替え、厨房に入った。山田はその様子を見ているわけではない。音を聞いて、想像している。チチチチ、ボッと音がしてガスコンロに青い火が立ち上がる。食事の支度かなと思ってしばらく耳をすませていると、一分かそこらで火は消され、ハフッという息遣いと、湿っぽい咀嚼音が聞こえてきた。賄い飯だろう。そしてカチッと何かのスイッチを入れる音。

ラジオショッピングの声が、スピーカーの出力のせいか弱々しく聞こえてくる。

「カビでお困りの奥様に朗報！　超カビ取りジェルスプレープロ！　三本セットで一九八〇円！　今すぐお電話！」

「置くだけ簡単！　天然成分で安心安全ムカデ撃退！　ムカデバンバン今だけ六〇袋六五〇〇円！」

　山小屋の風情を打ち壊す、妙に現実的な言葉が今はむしろ心地好かった。人間は大体何かと戦っているなと思う。何かの脅威に怯え、その対策に労力を費やしている。自分が商売人だったら、なんでもいいから新しい敵や脅威を捏造して、その対抗策を売るに違いない。家に帰るまでに何か案を考えてみよう。

「農作物の守り神！　鹿を寄せ付けない鹿対策の撒き薬！　今なら三本セットで税込六三九〇円！」

　この電波は間違ってここまで届いているな、と思った。ここは鹿や百足《ムカデ》の領分だ。必要なのはむしろ、人間の侵入を防ぐ撒き薬だろう。山小屋は自然の領分の中に飛び地的に拵えられた非力な人間の聖域だ。自然に弄ばれた心身をここで癒し、再び荒海のような世界へ繰り出していく。鹿ならまだしも熊がいる——少年は無事だろうか。山田の頭に再び不安が過ぎる。見たところ、金峰山小屋に少年が辿り着いた形跡はない。小屋番さんも少年については何も話していなかった。きっとあのまま沢を下っていったのだろう。あの沢は街へ至るだろうか。それともどこか深い谷の奥に消えてしまうだろうか。あとでこのあたりのことを聞いてみよう、と思ったところでカチリとラジオの電源が落とされた。ごく少量の水で食器を洗う音が聞こえた後、小屋番さんは扉を開けて外へ出た。

山田は炬燵から這い出し、タイツにポーチを下げた姿で後を追った。大きな背中は崖の際に立って、視線をゆっくり左右に動かしていた。山田は背後から、さっきは何を食べていたのかと聞いた。

小屋番さんは振り向くと、山田と並ぶように一歩後退った。

「昨日の残りのおでんをね」

太陽が雲に翳ると、あたりの空気は途端に冷えて、山田はタイツで表に出てきたことを早々に悔やんだ。

「変な天気です」

小屋番さんはニコニコと空を睨むように言った。

「雨が降ったと思ったらすぐ止んだり。そうかと思えばどさっと降ったり。ほらまた、黒い雲が来てるんだよなぁ」

小屋番さんは面白がっているのか憂いているのか、いまいち捉えづらい調子で話した。

「昔はここまで雲海だったんですよ。この足元まで。正月はマイナス三〇度まで下がりました。今では大体マイナス二〇度。一六度ぐらいの時もありますわ」

やはり、少し憂いているようだった。

「森林限界も前はここまでで、ここから上にはハイマツしか生えちゃいなかったけど、今はほら、ちょっと見てみてください」

小屋番さんはそう言って振り返り、小屋の屋根の向こうを指した。

「ほら、いろいろ生えてる」

確かに、ここより標高の高い場所にも背の高い木々が所々茂っているのが見てとれる。温暖化ですわ、とぼやくように言って、崖下の方へ向き直る。

「ところで、お客さんはどのルートで?」

そう言われて山田は俄に狼狽えた。何かとても個人的な秘密について問われたような気がしたからだ。それに、まだ小屋番さんのことを心から信じられてはいなかった。しかし、一般的な見地から言えば、どの登山客にも投げかける問いをしたに過ぎない。どの登山口から歩き始めて、どのルートを通ってここまで来たか。それを聞けば登山者の力量がおよそ透けて見えるし、崩落箇所や動物の目撃情報から登山道の状況を更新できる。山小屋の管理人の業務として適切だった。

山田は自分の歩いてきた道のりについてだけ話そうと思った。妙な出来事はきっと信じてもらえない。土曜日の朝、奥多摩駅を歩き始めたところから話をした。鷹ノ巣山で一晩過ごし、雲取山を越えて三条の湯に降りたこと。今と同じように運良く小屋が貸切だったこと。その食事に驚いたこと――。一度話を始めてしまうと止まらなかった。堰を切ったように、記憶が洪水のように押し寄せて、それがそのまま口から溢れ出てしまう。気持ちよかった風呂のこと、腰の虫刺され、朝出会った登山客、道迷い、蛭が蚯蚓を食う悍ましい光景、生々しい熊の足跡、そして妙な話し方をする博士、原子と命の話――。話しすぎたかもしれない、と山田は思った。しかし止められなかった。もしかしたら、易々と否定されたかったのかもしれない。一笑に付され、足蹴にされ、軽んじられたかった。「そんなことあるわけないじゃないですか」と言ってほしかったのかもしれない。そうすればここが現実の世界であると信じられる――心のどこかでそう欲望していたかもしれない。しかし小屋番さんは柔らかな霜が降りたような頭髪をふわふわと風に靡かせ、耳を澄ませて話を聞いてくれている。山田は話を続けた。否定の言葉を待ちながら。沢の水と一体になったこと、多摩川源頭で目にした貫太の遺体、白すぎる富士山、そして少年――。

小屋番さんはその切り傷のような優しい目でチラリと山田の顔を見る。視線を崖下に戻すと、「正面の山が小川山で、左の切り立ったのが瑞牆山です」と説明を始めた。

「その左手奥、白いビニールハウスが並んでいるのが川上村です。あそこのトマトがすごく甘い」

山田は次の言葉を待った。

「その少年は、多分もうあのあたりにいると思います」

小屋番さんは川上村を指したままそう言った。

否定してくれるどころか、彼は少年を知っていた。その説明はこうだった。今朝、夜が明けて間もなく、小屋番さんは枝払いとゴミ拾いに出かけた。そして北の谷で少年を見た。

「大人用の雨合羽をすっぽり被って、ピッピピッピと笛を吹きながら歩いていました」

それは間違いなくあの少年だった。話しかけるにはいささか距離があったらしい。

「その沢に沿って歩けば、四、五時間で難なく村に着くはずです。私は特段心配することもなく、少年を見送りました」

やはり少年は、道ではなく沢を選んだのだ。

山田の心情は複雑だった。少年が生命の危機を脱しただろうという話は山田を大いに安心させた。しかし一方で、人間の村に降り立った少年の身を案じてもいた。果たしてそこが、彼の居場所として適切であるか、自信が持てなかった。

「それでお客さん、この小屋まではどの道で来ましたか？」

「それが、ちょっとよくわからなくなっちゃって」

「地図を見ても?」

「はい。すごく不思議なんですけど、自分がどの方角から来たのかも、むしろ地図を見てから余計に混乱してしまったくらいで、もう全然わからないんです。でも、東の方から来たというのは間違いないはずです」

小屋番さんはそれを聞くと、なるほど、と大きく一度頷いた。

「長い嶺伝いの道を歩きませんでしたか? やけに真っ直ぐな尾根を」

「そうです! まさにそれです!」

山田はつい大きな声を出した。

「やはりそうですか」と半ば困惑したように言う小屋番さんは、「どの尾根かがわからなくて……」と地図を出そうとする山田を制止した。

「地図には無いと思います」

「どういうことですか?」

「説明するのは難しいのですが、一〇年以上前にも似たようなことがありました。その時ちょうどこの奥秩父で大きな遭難事故があったのでよく覚えています。うん、あれも夏で、今日みたいに、前日にひどい雨が降ったあとでした。あなたみたいなお客さんが一人予約も無しに訪ねてきたんです。やけに長くて綺麗な稜線をひたすら歩いていたら辿り着いたなんて言うものですから、そんなはずありませんと笑ったんです。それでもそのお客さんが頑なもので、一緒に地図を見ながら彼の歩いてきた道のりを追っていきました。すると確かに、あるポイントから足取りが消えていたんです。確か、山の南側にいたはずなのに、翌朝には北側にいたというような、そのくらい不可思議な動きだったんです」

　きっと同じことが自分にも起こったに違いない——山田は確信した。しかし、結局その登山客に何が起こったのかはわからずじまいだったという。よく覚えている、と言った割に、小屋番さんの話は尻すぼみに終わってしまった。


　夕食までの時間を使って、山行記録を書こうと思った。

　本当は毎日書くつもりで持ってきていたメモ帳とペンだが、旅の序盤で書くのをやめてしまっていた。仕方がなかった。何から何まで無茶苦茶で、生死の境を彷徨って、旅日記どころではなかったのだ。しかし今ならこうやって、サラサラと窓を打ちはじめた雨の音を聞きながら、一つ一つを振り返ることができる。そのこと自体が嬉しかった。

　それにしたって、実に奇妙な道のりだった。

　ペンは止まることなく動き続けた。山田は自らに起こった一つ一つの事柄を思い出すのに夢中になっていた。それらは荒唐無稽であったが、同時に魅力的でもある気がした。これはブンガクになるかもしれない――山田は俄に興奮した。山田はこの原稿によって一躍「ブンダン」と呼ばれる世界で脚光を浴びる。フラッシュを一身に受ける自分を想像して、むず痒いような、居ても立ってもいられない気持ちになった。

そういえば、熊は少年に何をしたのだろう。

筆を進めるに従って、疑問が沸々と湧いてくる。

あのときは息が詰まるような獣の気配から身を引き剝がすことで精一杯だった。思えば妙だ。少年が横たわっていたのは小屋から二〇メートルほど離れた藪の中だった。小屋の周りに熊の足跡が残っていたことから考えれば、少年は熊に拐われるような形でそこへ横たえられたと考えるのが自然だ。少年は幸運にも終始目を覚ますことがなかった。だから泣き喚くことも走り出すこともなかった。おかげで熊の顎に頭蓋骨を砕かれることも、その爪で腹を割かれることもなかった――。果たしてそんなことがあり得るだろうか。獣に咥えられ、連れ去られ、舐め回され、それでも目を覚まさないなどということが？　或いはそうでないとしたら。少年は眠ってなどいなかったとしたら。少年は、熊の後をついて行ったのかもしれない。藪の中のひらけた場所にあったあの窪みはやはり熊の根城で、散歩の後で家路についた熊の後を、少年はひょこひょこと追いかけたのかもしれない。だとすれば、熊が口に咥えていたのは、山田の食糧袋でもあり得た。山田が小屋に食糧袋を置き去りにしてしまったのではなく、熊が持ち去った可能性があった。熊は自分の後についてくる奇妙な二足歩行の動物を迷惑に思っただろうか。それとも愛らしく受け入れたのだろうか。あのとき少年から発せられた獣臭は、少年が熊に全身を舐められたことを示していたのだ。熊は少年を受け入れ、少年は穏やかな眠りについた。熊の心にも、あの穏やかな火が灯っただろうか。

厨房から物音が聞こえてきた。ザック、ザックと重ねた葉物を切る音。ズコ、ズコと体重をかけて硬い何かを切る音。ゴゴンッと切られた何かがステンレスのシンクに落ちて、ザッとそれを洗ってまな板に戻す。ジャガイモかニンジンか、根菜類だろう。チリチリと何かを炒める音が聞こえて、山田は我慢ならずに厨房を覗きにいった。壁に取り付けられた裸電球の貧弱な灯りの下、小屋番さんが背中を丸めてフライパンの中を見つめている。こちらからはその中が見えない。二つ並んだコンロのもう片方では圧力鍋が火にかけられている。フライ返しを使い、ひょいとフライパンの中の何かをひっくり返した。ジュ――という豪快な音と共に、脂の甘い匂いが漂ってくる。

　気配を感じた小屋番さんは驚いた様に振り向き、あと一〇分でできますので、と告げた。

一八時。親鳥が運んでくる餌を待つ雛のようにあんぐり口を開けた山田の元に、熱を帯びたままの食事が運ばれた。

皮目がこんがりときつね色に焼かれ、玉になった脂が光る鶏モモのステーキ。皿から溢れんばかりのレタスとトマトのサラダ。粒のマスタードで和えられたニンジンのラペ。そしてマカロニサラダ。

「お米は少なめに盛ってるから、おかわりしてくださいね。おかわりはカレーにしますので。あと、サラダのレタスとトマトは川上村のです」

小屋番さんはそれだけ言うと、そそくさと厨房に戻っていった。

久方ぶりの真っ当な食事だ。

山田は迷いなく、鶏肉に齧り付いた。パリッとした鶏皮を砕いた歯が肉の弾力に押し戻される。溢れ出る汁が顎に滴る。咀嚼しながら右手のフォークは既にラペを持ち上げている。千切りのニンジンを口へ押し込むと、鶏の脂とマスタードの甘みが実によく合うし、酢の酸味とニンジンの歯ごたえが口をさっぱりさせてくれるからいくらでも食べられそうな気がする。川上村のトマトは弾ける果汁を口の中に収めるのが難しいくらいパンパンに張っていて、葡萄みたいに甘い。ものの数分で空になった茶碗を厨房へ持っていくと、小屋番さんが山盛りライスにひき肉としめじのカレーを盛ってくれた。これもあっという間に平らげる。最後にアメリカ人も驚くほどに甘いチョコレートケーキがドカンと供され、至福の夕餉は一五分とかからず終わった。

山田はもう小屋番さんを疑っていなかった。明確なきっかけがあったわけではなかったが、彼の作った料理を腹一杯に食べたことが大きかったように思われた。誰かが作った飯で腹が一杯になるのなら、その人は同じ世界に生きているということに他ならないと考えた。

小屋番さんは七八歳。この小屋に来て今年で五五年か五六年だと言った。

「サラリーマンを始めたばかりのとき、ここに立ち寄ったのが始まりでした。さっきも言った通り、当時はここの足元まで真っ白い雲海が来ていて、遠くに瑞牆の頭がぴょんと出ていて、それが面白くって気に入りましてね。それから何度か来るうちに、先代のオヤジに手伝えと言われまして。毎月来るようになって、それで天気が悪いと三週間帰れなかったりもするものですから、会社にはよく怒られました」

食器を片付け、二人分の熱い日本茶を持ってきた小屋番さんはそう話した。怒られる程度でよくクビにならなかったな、と山田は驚いた。そういう時代だったのだろうかと、少し羨ましく思った。

「まあ、入社してから六四で退職するまで、見事に出世はしませんでした」と言って、山田の隣の炬燵に足を滑り込ませた（小上がりには三つの炬燵が置かれていた）。

山田から少し離れた場所で茶を啜りながら、懐中電灯の灯りの中で話をしてくれた。

東京に生まれた小屋番さんは、空襲を逃れて家族で栃木に移り住んだ。物心つく頃には山に親しんでいたという。

「山に登るのはいつも一人でした。何せ気が楽です。一人だったら列車の便も泊まる宿も決めなくて構いません。気に入った場所があったら昼にテントを張ってしまってもいいんです。もちろん疲れていなければ朝まで歩き通したっていい。一人は自由です。お客さんもおわかりだと思いますが」

そして金峰山小屋に出会い、出世の可能性を失い、人生の多くを小屋の管理に費やすことになった。今は小屋のオーナーと交代制になっており、二、三週間山に入ったら街に降りて、二、三週間経ったらまた山に入るという暮らしをしている。ちょうど街と山とを半分ずつで生きています、と小屋番さんは言った。

「ずーっと街も、ずーっと山も、気が滅入ってしまいます。私にとっては半分ずつが一番自然な塩梅です」

淋しさを感じることはないかと聞くと、いいえ全く、と彼は答えた。

「こうやってお客さんの話を聞くのはとても楽しいことです。なんだか今日は自分ばかりが話してしまって申し訳ありませんが。しかし、あなたにお会いできて私はとても嬉しく思っています」

その言葉は山田の腹をじんわりと温めるようだった。

✡

翌朝、辺りがうっすら明るくなり始めた金峰山の北面を、山田は全速力で駆け上がっていた。太陽との競走だった。小屋番さんが言うには、日の出は四時一九分頃。その直前が一番美しいとのことで、夜明け前の三時四五分には小屋を出発し、金峰山頂上を目指さなければ最良の御来光を拝めなかった。しかし、チュンチュン喧しい鳥の囀りで目を覚ましたのは間も無く四時になろうという頃。安心しきって目覚ましをかけ忘れたのだった。枕元に用意していたヘッドライトも、小屋を出るときにはもうほとんど意味をなさなかった。顔を出す前の太陽の光が空に反射して、足元を見るには不足ないほどだった。

山田は急坂を駆け上がった。腹一杯に飯を食い、十分に眠った体は驚くほど軽快だった。しかし太陽もまた凄まじい速度で上昇していた。紫陽花色の空に山々の稜線が黒く縁取られて浮かんだかと思えば、切り傷を修復しようとする瘡蓋のような筋雲が一本薄桃色に浮かび上がった。そして山田は山頂に至る。手芸用の真綿を三六〇度敷き詰めた様な雲海に囲まれた、浮世離れした世界。もちろん小屋番さんが言うように、五〇年前よりはだいぶ雲の位置が下がっているのだろう。瑞牆山以外の山の頂上も見え隠れしている。しかし、その数えられるほどの山巓に並ぶようにして、自分が一人。強く吹く風。冷やされる汗。そして地平線はオーブントースターのスイッチをひねったばかりのようにゆっくり朱に色づき、イクラみたいに真っ赤で艶やかな太陽が少しずつ顔を出し始める。横から吹き付けていた風がふっと静止する。大気が赤い光を受けて垂直に沸き立つ。顔の表面がチリチリと焼かれる。それはきっと、この地球上の誰もが心打たれる光景だったに違いない。太古の昔から変わらない。人間の根源的な部分に触れるのだ。ともすれば人間に限らない。山中の鹿も熊も、蚯蚓や蛭でさえ、停戦合意をするように今この瞬間だけは同じ方向に頭をもたげ、顔をチリチリと焼かれているのかもしれなかった。そんなとき、南に広がる雲の海から、富士山の頭が怪訝そうに飛び出ているのと目があった。不意に、この天上の世界に山田が紛れ込んでいるのを、富士山に見咎められたような居心地の悪さを感じた。早く山を降りよう。ここは自分の居場所ではないと山田は思った。

　小屋に戻り、炬燵に首元まで潜り込む。山頂の風に奪われた体温を補塡したかった。豆炭の乾いた熱が体表から肉、骨にまで伝わってくると、静かな幸福感と共に眠気が降りてくる。それは誰か自分のことを大切に思ってくれる人が毛布をかけてくれるような、典型的で揺るがない普遍性を持った感覚だ。そして朝食を準備する音が厨房から響いてくる。ステンレスのレードルがアルミ製の寸胴の内壁を擦る弦楽器のような音。木製のまな板に包丁の刃先が断続的にめり込む打楽器のような音。そしてガスが炎に変わり、水が水蒸気に変わる絶え間ない音が合唱となって響き合う。「主よ、永遠の安息を――」。節電のために灯りを落とした厨房の小窓から朝日が射し込み、立ち上るミルクガラス色の湯気を射抜く。小屋番さんがその小さな舞台上で大きな体を揺らし、指先で音の全てを差配している。「絶えざる光で照らしたまえ――」。それが毎朝の儀式なのか、それとも今日だけ特別に執り行われているものなのか、山田には判断ができない。しかし押し寄せてくる音の波に体を委ねているのは、とても心地がよかった。

　ガタン、と耳元で大きな音が聞こえて我に返ると、炬燵の天板に盆が置かれていた。

「御来光はいかがでしたか？」

　炬燵から這い出ようとする山田に小屋番さんが聞く。

「綺麗でした」

　朝食の盆に向き合い、どれから手をつけようかと考えながら山田は答える。一人用の土鍋にたっぷり満たされた青梗菜《チンゲンサイ》と桜海老の雑炊。卵焼き、べったら漬け、昆布の佃煮、カットされたオレンジ。

「オーブントースターの中に入ったみたいに真っ赤で、空には雲の筋が一本浮かんでいました」。卵焼きを頬張りながら、見たばかりの光景を説明する。

雲があるのとないのとじゃ大違いです、と小屋番さんは微笑んだ。

「何もない空が綺麗だと言う人もいますが、そんなことはありません。雲が少しはないと、人は不安になるものです。自分の位置や大きさがわからなくなってしまいます」

ははあ、と山田はわかるようなわからないような声を出す。それでも自分はすごく不安な気持ちになった、と思った。雲がもっとたくさん必要だったのだろうか。空を全て覆い隠すくらいの雲が。

食事を終え、昨夜から干していたテントをしまう。寝袋を入れてもまだバックパックには余裕があった。サイズと内容量が合っていなくて、不恰好にひしゃげている。食糧袋を無くした上に、衣類の多くは少年に着せたままだったから当然だ。背負い上げたその軽さは心許なくも感じたが、今となっては問題ではなかった。

小屋番さんに感謝と別れを告げ、金峰山小屋を後にした。山田の姿が見えなくなるまで、優しい小屋番さんは玄関の外に立ち見送ってくれた。山田はその視線を背に感じながら、これまでになく軽やかな足取りで山を下り始めた。

空は青く晴れ渡っていた。重たそうに朝露を抱えたピンクの東石楠花《アズマシャクナゲ》。誰かが落とした片方の手袋。巨大なブールみたいで美味しそうな大日岩。山を構成する多種多様な諸々が、視界の端を流れては消えていく。休憩は要らなかった。この先にそれは嫌というほど確保されている。標高が下がるにつれ、気温と湿度がみるみる上がり、汗が滲む。辺りに漂う音の種類が増えていき、慣れ親しんだ下界がもうすぐそこまできていることを示してくれる。小屋を出ておよそ三時間半。傾斜のなくなったブナ林の木立の隙間に、赤い屋根が見え隠れする。奥多摩の石尾根から長く続いた奥秩父主脈縦走路の終着点、瑞牆山荘だ。山田は駆け出したいのを我慢して、ゆっくりと歩いた。この、目の前に絶対的な安心が確定している状況で歩く山道の快感は、もう二度と訪れないだろうと思ったからだ。足元の落ち葉をゆっくり踏みつけ、その弾力を、湿った土に混じる割れるような乾いた音を、しっかり味わおうと思った。そしてその足が粘っこい黒色をしたアスファルトを踏んだ時、山田はついに人間の世界と直接繋がったことを実感したのだった。

✡

瑞牆山荘前で山田を乗せたバスは、右に左に激しく蛇行しながら街へと走った。文字通り目にも留まらない速さで車窓を流れていく木々や草花を見て、なんだか恐ろしいような気がした。歩けば半日かかる距離を、この鉄製の箱はものの一時間で走破してしまう。時折頭上を黒い送電線が走っている。あれは蛇行することもなく、街までほとんど一直線だろう。景観を損ねるからと都市では忌み嫌われているけれど、その先に紛れもなく人間の生活があると示すその黒く硬い線は、深い安心をもたらしてくれる。

　ＪＲ韮崎駅で中央線に乗車し、甲府駅、高尾駅で乗り換える。その道中、ようやくキャッチした電波を使って、今からそっち行っていいかな？　と母にメールを送る。国分寺駅で下車すれば、玉川上水沿いの実家はすぐ近くだ。ちょうど父は六〇歳で定年退職したばかりだったが、そのことを祝ってもいなかった。手土産の一つもないけれど、顔を出せば喜んでくれるだろうと手前勝手に思った。メールをしてから一分もしないうちに、食事の準備をします、と母から返事が来た。正月以来だから、だいたい半年ぶりだ。さして遠く離れてもないのに、ろくに顔を見せにも行かないのは親不孝だろうか。しかし、どんな時でも帰れる場所があるというのは、本当にありがたいことだとしみじみ思った。

　中央線は東へ進む。車内には山田の他に、おばあさんが一人だけ。長い座席の端に猫背で腰かけ、何を見るともなく視線を正面に向けている。

平日の昼過ぎ、上りの列車に乗る人間などほとんどいないし、いたとしてもどこか社会の仕組みから漏れている人に違いない。線路は多摩川の南をおおむね平行に走る。多摩川は羽村の取水堰で玉川上水に水を分け、人造水路の玉川上水は幾分行儀良く東へ進み、多摩川は相変わらず蛇行しながら南東へ向かう。

中央線は八王子を過ぎたあたりから進路を北にとり、立川の手前で南下してくる多摩川を越える。山田はその先、国分寺駅で列車を乗り換え、西武国分寺線鷹の台駅に降り立った。

駅と実家とを繋ぐ、玉川上水の土手を歩く。

頭上は深緑の葉で覆われ、足下では踏み均された土が暖められて、水蒸気を立ち上らせている。山の空気を希釈したようなニオイが鼻をくすぐる。

山田が生まれ育った土地はつまり、予め自然の過激さが取り除かれたビニールハウスと左程変わらない安全な世界だったということだ。小学校の演劇で、江戸時代に玉川上水を作った職人たちを演ったことがあった。山田の役は、下っ端の穴掘りだった。

「親方！　岩盤が固くてびくともしません！」

一つしかなかったこの台詞を聞きに、両親は観客席で固唾を呑んで見守っていた。間違えずに言い終えた山田を、二人はいたく誉めた。必死な様子がよく表せていたとか、でも堂々と演じていたとか、その日じゅう言葉を尽くしてくれた。本当に喜んでいたのだろう。山田も純粋に、その気持ちを受け取った。嬉しいことだった。

　玉川上水から直角に伸びる、無数の路地のうちの一本に入る。似たり寄ったりの路地に並ぶ、似たり寄ったりの一軒家のうちの一つが山田の実家だ。そうは言っても、同じ意匠の建て売り住宅がコピーアンドペーストされたニュータウンのそれとは違う。この一帯は各家が目立ち過ぎない程度に独自性を見せる注文住宅で構成されている。もう築二〇年を越えたはずなのに、手入れのいき届いた家の扉は、取手までピカピカに光っていた。


　懐かしい匂いが漂う実家の食卓には、できたばかりの料理が所狭しと並べられていた。大皿に積まれた俵形のハンバーグ。甘く煮た雁擬《がんもど》き。卵焼き。金平牛蒡。鮪の刺身と鰹のたたき。他にもたくさん、きっと食べきれないほど。山田からのメールが届くや否や、母は急いでスーパーへ向かい食材を買ってきたのだと父が教えてくれた。サラリーマンを引退した父は白い無精髭を生やしていた。時間がなくてこんなのしかできなかったけど、と少し痩せたように見える母が申し訳なさそうに言った。

　今では少し古く感じるようになったデザインの風呂で疲れと汚れを洗い流し、山田は二人と缶ビールで乾杯した。母曰く、山田が実家を訪れたのはおよそ一年ぶりとのことだった。今年の正月は仕事が忙しいと言って帰らなかったのだそうだ。言われてみればそうだった気もする。なんだか記憶が曖昧だった。

　全体的に茶色が多い料理に箸を伸ばしながら、父が退職してからの二人の暮らしについて話を聞いた。父は小説の執筆を始め、母は油絵を描き始めたという。仕事をやめると二人とも退屈してしまうのではないかと心配したが、どうやらそうでもなさそうで安心した。そんなことより、と母は山田の近況を聞きたがった。意地悪な医師の愚痴が口をついて出そうになったが、すんでのところでとどまった。年に何度会えるかしれない家族に話すようなことではなかった。心配されたり、可哀そうだと思われることには何の意味もなかった。しかし、代わりに話すことも見つからず、まあ、普通にやってるよ、と言って終わった。

　腹が満たされ、それぞれ程よくアルコールが回ったところで料理は一旦片付けることにした。空いた皿などひとつもなかったけれど、「明日食べればいいから」と母は様々なサイズの保存容器に料理を収め、冷蔵庫に並べていった。

　テレビでは夜のニュースが流れている。

　三人はそれをぼんやり眺めながら、チョコレートを食べて茶を啜る。

　家族の間の、言葉の要らない時間。

　法務大臣だった男が買収事件で懲役三年を言い渡され、フリーランスの配達員も労災保険に加入できるようになり、イスラエル軍はガザを空爆し、長かった梅雨がもうすぐ明ける。画面の中のキャスターはこちらをまっすぐに見つめ、世界で起きたことを教えてくれる。三人が三人とも、口を開きはしない。テレビから流れてくる外の世界に、一定の距離を保って、自分たちの存在を漂わせている。

山田は父に聞きたいことがあった。

「父さんさ、大学出てから六〇歳まで同じ会社で働いたわけでしょ」

「そうだよ」

「何年てこと？」

「んー」

父は少し考えてから、三七か八年か、と答えた。長いね、と言うと、長いね、と返す。

「でさ、働き切ってさ、どう思う？」

「どうって？」

「なんか、感慨深いとか、なんかないの？」

父が考え込む隣で母は伏し目がちに茶を啜っている。

ニュースが山の遭難事故を報じている。リモコンを手に取ろうとする母を、ちょっと待ってと制止した。自分がこの数日で目にしたものが関わっているかもしれないと思ったのだ。そして、その音が鳴る。

ピーンポーン

間の抜けたインターホンの音が部屋に響き、母が立ち上がってモニターに映る来客を確認する。こんな時間に？　と山田が父に目配せすると、父は同意するでもなくこちらの目をじっと見据えている。その意味がわからなかった。母はモニターの前に立ち尽くし、金縛りにあったように言葉を発さない。山田は不穏な空気を察する。きっと自分に知られてはいけない来客が予想外のタイミングであったのだろう。家族にも秘密の一つや二つはある。自分が唐突に帰省したのも悪かった。借金取りということはないだろうが、こちらももう大人だからある程度のことでは驚くまい。とはいえ、両親に無用な心労をかけるのは本意じゃない。知らぬふりをして二階の自室に籠ろうと思いついた山田は席を立ち、階段へ向かう。そのとき、横目に見えたインターホンのモニターに釘付けになった。

　そこに映っているものを、しばらくは認められない。

　画面いっぱいに大写しになっているのは、画面の下から上を見上げる博士の顔だった。あの不可思議な博士以外ではあり得なかった。山の中にいるはずの博士が一体どうしてここにいるのだろう。山田は激しく混乱した。後をつけられていたのか？　だとしても一体なんのために？　それにこの両親の反応はなんだろう。まるで博士の来訪を知っていたようではないか。博士が来ることを知っていて、しかしいざその存在を目の前にしたときに対処の仕方を見失ったような、そんな態度だ。いずれにしても彼をこちらに招き入れてはいけない。応対しないようにと母に言おうとしたとき、テレビのスピーカーからキャスターの緊迫した声が響いた。

「行方がわからなくなってから二週間が経過した山田さんの捜索が今なお続けられています。最後に目撃されたのは山梨県北都留郡丹波山村の山小屋で、従業員によれば、そこからさらに西へ進み、山梨県の増富温泉で下山する予定だと話していたといいます」

山田はテレビ画面から目を逸らせないでいた。その左下には山田の社員証に使われている、入社当時の無表情な顔写真が映っている。「え、これどういうこと？」と山田がようやく言葉を発して振り返ると、外にいたはずの博士がなぜかもう居間に立っている。父と母はその後ろで、耐え難い苦痛に悶えるような顔でこちらを見ている。

山田の鼻は、出どころのわからない、すえた臭いを嗅ぎ取っていた。

「え？　だからこれどういうこと？」

山田は博士の後ろの両親に問うた。博士と話をするつもりなどなかった。しかし、次に口を開いたのは博士の方だった。

「もう、十分であられる？」

それは山田に向けられた言葉なのか、両親に向けられた言葉なのか判然としなかった。

「どういうこと?」

山田はなおも繰り返した。

そして博士が、今度は明白に、山田の目を見て言った。

「あなたももうお気づきででしょう?」

山田は博士にそう言われ、確かに、自分があることに気づきながら、それに気づかぬふりをしてここまできたことを、この時にはもはやどうしようもなく、自覚せざるを得なかった。自分はここに居る資格を持ち合わせていない。それは数日前に失ってしまったのだった。

山田は最期に、博士ではなく、両親と話がしたかった。

「父さん」山田は呼びかけるが、父は目にいっぱいの涙を湛えて、ここで起こっていることを逃さず目に焼き付けようとするみたいに、ぎっと前を睨みつけている。山田は父に何を言えばいいのかわからず、言葉が継げずにいた。

「父さん」

山田はただ父に呼びかけていた。自分が何を求めているのかもわからなかった。

永遠にも思える数秒の後、父がゆっくり口を開いた。

「何にもなかったよ」

何の話？

「三七年か八年、働きっぱなしだったけど、なんにもなかった」

父は絞り出すように続ける。

「でも」

言葉が喉に詰まる。

爪が食い込むくらい固く拳を握って、父は今、息子に向ける最後の言葉を探し出した。

「でも、この世界でお前と会えて、本当によかった」

父が言葉を吐き切るようにそう言うと、母は隣で頽れて嗚咽した。

父の言葉が、山田の体表でしばらく彷徨したのち、踏ん切りをつけたように毛穴や細胞の隙間から体内へと流れ込んでいく。血液に乗った言葉が脳に届くと、山田の目から涙となって溢れ落ちた。口を開けば何かがもっと止めどもなく流れ出ていってしまいそうで、声を出すことはできない。

しかし山田は、「それを聞けて良かった」と言いたかった。

自分が求めていたのは、そんな言葉に過ぎなかったのだと、父と母に伝えたかった。そして山田は、取るに足らないものを求めた結果、取り返しのつかない場所まで来てしまったことを理解した。後悔と納得との間で、山田は身悶える。世界のどうしようもない残酷さと、役割の裏で両親が自分に与えてくれてきた温もりとを今感じていた。それは、沈もうとする太陽みたいに、どうしようもなく温かくて、淋しかった。

山田は母にメモ帳を渡したいと思った。もう話をする時間は残されていないと理解していたから、せめてこの旅で自分が何を見て、何を感じたかを知ってほしかった。それが母の中に残ってくれたらいいと思った。しかし、ポケットを弄ってもメモ帳は見つからなかった。それどころか山田はまともに服を着てさえいなかった。上半身は裸で、下半身にはぐっしょりと濡れたタイツが纏わりついているだけだった。

時間切れだと、山田は悟った。

体は硬直を始め、痛みの感覚も寒さの感覚もどこか遠い。意識は朧になり始めている。

テレビ画面には、山田を捜索する山岳ボランティアたちの姿が映し出されている。

「ここで終了ですのです」

博士がそう言うと、どこからともなくキュー！　と鋭い鹿の鳴き声が響いた。

上出遼平（かみで・りょうへい）

一九八九年東京都生まれ。テレビディレクター、プロデューサー、作家。二〇一一年にテレビ東京に入社。ドキュメンタリー番組『ハイパーハードボイルドグルメリポート』シリーズの企画、演出から撮影、編集と、制作の全工程を手掛ける。二〇一九年に同番組七月十五日放送分が第五十七回ギャラクシー賞優秀賞を受賞。二〇二二年六月にテレビ東京を退社。著書に『ハイパーハードボイルドグルメリポート』（朝日新聞出版）がある。

本書は「群像」二〇二二年十一月号～二〇二三年六月号で連載されたものに、加筆、修正しました。

歩《ぶ》山《ざん》録《ろく》

二〇二三年十一月七日　第一刷発行

著者　上《かみ》出《で》遼《りょう》平《へい》

発行者　髙橋明男

発行所　株式会社講談社
〒一一二-八〇〇一
東京都文京区音羽二-一二-二一
電話　出版　〇三-五三九五-三五〇四
　　　販売　〇三-五三九五-五八一七
　　　業務　〇三-五三九五-三六一五

印刷所　TOPPAN株式会社

製本所　株式会社若林製本工場

KODANSHA

Printed in Japan　ISBN 978-4-06-533650-2
N.D.C. 913　207p　20cm